2022 제9회 글벗시화전 작품집

사랑의 씨앗처럼

글벗문학회

도서출판 글벗

아름다운 글로 행복한 세상을 꿈꾸는 글벗문학회
글벗문학회는 작가님의 원고료 지급을 위해 노력합니다.

제9회
글벗시화전

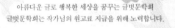

2022년 글벗문학상 및 글벗백일장 시상식

2022.10.1.(토) - 2022.10.30.(월)

장소 | 종자와 시인 박물관 시비공원
(경기도 연천읍 현문로 433-27)

행사 내용

* 글벗문학회 회원 60명, 캘리작가 13명의 작품전시

* 제1회 한탄강백일장 운영

* 시낭송회와 캘리 작가 시연회

문의 | 010-2442-1466
(글벗문학회 회장 최봉희)

주최 | 계간 글벗 글벗문학회 도서출판 글벗

제1회 한탄강 전국백일장 참가 안내

접수기간 : 2022. 9. 1.(월) ~9.30.(금)
행사일: 2022.10.9.(일) 오전10:00~17:00

한탄강 유네스코 세계지질공원 인증을 기념하고 문학창작 의욕을 지원하기
위한 제1회 한탄강 전국백일장을 아래와 같이 개최합니다.

응모 부문 : 운문 및 산문
참가 자격 : 전국 초중고학생, 대학생과 일반인
작품 주제 : 대회 당일 발표
행사 일정 : 2022. 10. 9.(일) 오전 10:00 - 17:00
　　　　가 . 접수마감 : 10:00 -13:00
　　　　나 . 박물관 관람 및 특별 공연 : 13:00 - 16:00
　　　　다 . 시상식 : 16:00 - 17:00
대회 장소 : 종자와시인박물관 시비공원 (인원수에 따라 변경 가능)
접수 기간 : 2022. 9. 1.(월) ~ 9. 30.(금)
참가 신청 : e-mail로 참가신청서 사전 접수 (fspmlove@hanmail.net)
- 참가 신청서 내려받기 : https://cafe.daum.net/fspm

시상 내역 : 총상금 496만원

※심사 결과와 참가 인원에 따라 수상 인원이 조정될 수 있음

구분 구분	계		대상		최우수상		우수상		장려상		입선	
	인원	상금	인원	상금	인원	상금	인원	상금	인원	상금	인원	상금
초등부 저학년 (1~3학년)	14명	84만원	1명	20만원	1명	10만원	2명	각7만원	5명	각5만원	5명	각3만원
초등부 저학년 (4~6학년)	14명	84만원	1명	20만원	1명	10만원	2명	각7만원	5명	각5만원	5명	각3만원
중학교부	14명	84만원	1명	20만원	1명	10만원	2명	각7만원	5명	각5만원	5명	각3만원
고등학교부	14명	84만원	1명	20만원	1명	10만원	2명	각7만원	5명	각5만원	5명	각3만원
일반부	14명	130만원	1명	30만원	1명	20만원	2명	각10만원	5명	각7만원	5명	각5만원
지도교사	3명	상동	초중고 지도교사 각 1명(총 3명)									
계	73명	496만원	5명	110만원	5명	60만원	10명	76만원	25명	135만원	25명	85만원

문의 사항 : 한탄강백일장 운영위원회 (전화 010-2442-1466)
　　　　한탄강문학상 운영위원회 다음 카페 (https://cafe.daum.net/fspm)

2022년 8월 1일

주최 | 한탄강문학상 운영위원회　　주관 | 종자와시인박물관
SEED&POET MUSEUM　　후원 | 꿈벗문화회　　 연천군

사랑의 씨앗처럼

시조 글벗 최봉희
손글씨 이양희

희망의 싹이 트면
꽃지는 절망의 삶
인생의 한 꼬투리
일란성 쌍둥이라
애증의 씨앗을 카워
사랑으로 살라네

꽃내음 향기되고
향기가 글빛 되어
희망이 절망으로
절망도 희망으로
오늘도 사랑의 씨앗
한알 두알 심지요

사랑의 씨앗처럼
- 종자와시인박물관에서

시조 최봉희, 손글씨 이양희

희망의 싹이 트면
꽃 지는 절망의 삶
인생의 한 꼬투리
일란성 쌍둥이라
애증의 씨앗을 키워
사랑으로 살라네

꽃내음 향기 되고
향기가 글빛 되어
희망이 절망으로
절망은 희망으로
오늘도 사랑의 씨앗
한 알 두 알 심지요

■ **서시**
사랑의 씨앗처럼 최봉희(회장) · 5

■ **시화 작품**

1. 강성화 내가 너를 사랑한다 · 11
2. 강자앤 사랑의 꽃 · 13
3. 고정숙 반달 · 15
4. 국미나 꽃날 / 그대 그리울 때면 / 선물 · 17
5. 김광재 꽃 · 23
6. 김나경(글숨) 달맞이꽃 / 유혹 · 25
7. 김나경(김미배) 은빛 날개 · 27
8. 김선순 어린 날의 추억 · 31
9. 김선옥 시래깃국 · 33
10. 김선화 그녀 둥지를 털다 / 내 고향 금산리 · 35
11. 김은자 덧칠 / 몰입 · 39
12. 김정숙 하얀 물새 · 43
13. 김주화 너는 나의 거울 / 여름 사냥 · 45
14. 김지향 장독대의 사랑 · 49
15. 김지희 사랑 · 51

16. 나일환 가을 유감 · 53

17. 남궁임순 상처 / 인물 속에 핀 꽃 · 55

18. 류지윤 깊은 사랑 · 59

19. 박귀자 자수 / 참새 · 61

20. 박민자 가을은 참 예쁘다 · 65

21. 박선희 가을, 전등사, 2월의 비 · 67

22. 박원옥 금낭화 · 73

23. 박하경 균형 · 75

24. 박하영 동강할미꽃 · 77

25. 박희봉 장미 · 79

26. 서정희 산 / 끝없는 사랑 · 81

27. 성의순 메리골드 / 건강한 몸과 맘 · 85

28. 송연화 꽃등 / 별밤 / 사랑의 열매 / 아버지
   인생길 · 89

29. 신광순 어머니 말씀 · 99

30. 신복록 붉은 여명 / 수련밭 · 101

31. 신순희 종자와 시인박물관 / 멍우리 협곡 · 105

32. 신희목 그대는 장미 / 소나기 · 109

33. 양영순 가을숲 / 세월 · 115

34. 양윤정 수리숲 그곳에 가는 길 · 117
   수리숲 가는 길 · 241

35. 윤미옥 그리움 / 부부 · 121

36. 윤소영 그리운 어머니 / 사랑꽃
　　　　엄마 품속 · 125

37. 윤현숙 마실 · 131

38. 이경숙 효녀문정공주 · 133

39. 이규복 겨울밤 / 두물머리 인연 · 135

40. 이기주 메리골드 / 봉숭아 꽃물 들 때면
　　　　설악초 핀 밤 · 139

41. 이남섭 만의골 / 사랑 · 145

42. 이도영 한탄강의 눈물 · 149

43. 이명주 가을의 목소리 / 가을 내음
　　　　함께 걸으며 · 151

44. 이서연 새길 / 옥색치마 · 159

45. 이순옥 아버지의 꽃신 · 163

46. 이연홍 내 고향 양구 · 165

47. 이재철 성균관 추기석전 대제 축문 · 167

48. 이종갑 봉선화 사랑 · 169

49. 이지아 오봉산 아가씨, 첫 느낌 · 171

50. 임명실 산목련 / 코스모스 / 호수에 잠긴 날 · 173

51. 임재화 들국화 사랑 / 들국화 연가 / 부부의 정 · 179

52. 임하영 귀향 / 송림의 추억 · 185

53. **임효숙** 그대는 단비 / 산목련 / 젓가락 · 191

54. **장경숙** 고마운 비 · 195

55. **전권호** 해작질 · 197

56. **정영숙** 봄 / 6월엔 · 199

57. **조금랑** 바람길 · 203

58. **조동현** 먹구름의 장난 · 205

59. **조인형** 낙엽소리 / 널 넘 좋아해 / 마음에 피는 꽃
　　　　　미안해 / 했잖아 했잖아 · 209

60. **조칠성** 빨강 열매 파랑 열매
　　　　　달빛에 익은 딸기잼 · 217

61. **최미봉** 씨앗처럼 / 숱하게 내게 온 꽃 · 221

62. **최봉희** 가을을 기다리며 / 글벗시화전
　　　　　사랑으로 비우며 / 사랑 풍경 / 씨앗처럼
　　　　　하늘이 언어처럼 · 225

63. **최성자** 꽃 / 초승달 · 239

64. **송미옥** 낙엽 · 245

■ **제5회 글벗시화전 출품 작가 명단 · 246**

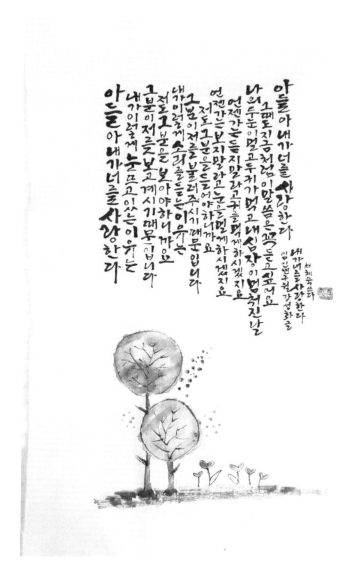

아들아 내가너를 사랑한다
그대로 지금처럼이 말씀은 꼭 듣고싶어요
나의 두눈이 멀고 두귀가 먹고 내심장이 멈춰진 날
언젠가는 보지말라고 눈을 감게 하시겠지요
전도 그분으로부터 ... 하시기 때문입니다
내가 그분을 불러주셔야 하니까요
내가 이렇게 소리를 듣는 이유는
그분이 저를 보고 계시기 때문입니다
전도 그분을 보아야 하니까요
그분이 저를 불러주셔야
내가이렇게 눈뜨고 있는 이유는
아들아 내가너를 사랑한다

채희숙 쓰다
내가너를 사랑한다
임진우 원작성화글

내가 너를 사랑한다

– 시 강성화, 손글씨 채혜숙

아들아 내가 너를 사랑한다

내가 이렇게 눈뜨고 있는 이유는
그분이 저를 보고 계시기 때문입니다
저도 그분을 보아야 하니까요
내가 이렇게 소리를 듣는 이유는
그분이 저를 불러주시기 때문입니다
저도 그분을 들어야 하니까요

언젠가는 보지 말라고
눈을 멀게 하시겠지요
언젠가는 듣지 말라고
귀를 먹게 하시겠지요

나의 두 눈이 멀고, 두 귀가 먹고
내 심장이 멈춰진 날
그때도 지금처럼
이 말씀은 꼭 듣고 싶어요

"아들아 내가 너를 사랑한다"

사랑의 꽃

강자맨

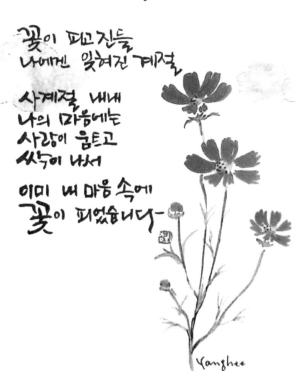

꽃이 피고 진들
나에겐 잊혀진 계절

사계절 내내
나의 마음에는
사랑이 움트고
싹이 나서

이미 내 마음 속에
꽃이 피었습니다

Yanghee

사랑의 꽃
– 시 강자앤, 손글씨 백미경

꽃이 피고 진들
나에게는 잊혀진 계절

사계절 내내
나의 마음에는
사랑이 움트고
싹이 나서

이미 내 마음속에
꽃이 피었습니다

반달

심전 고정숙

구름과 숨바꼭질
보였다 안보였다
잃어버린 다른 반쪽
어디서 찾고 있나
보름을 만나기 위해
어둠 속에 숨었다

가을은 깊어가고
기억은 희미해져
구태여 잡지 말고
그대로 인정하자
모습은 자꾸 변해도
반달 속에 너 있다

반달

  - 시 심전 고정숙

구름과 숨바꼭질
보였다 안 보였다
잃어버린 다른 반쪽
어디서 찾고 있나
보름을 만나기 위해
어둠 속에 숨었다

가을은 깊어가고
기억은 희미해져
구태여 잡지 말고
그대로 인정하자
모습은 자꾸 변해도
반달 속에 너 있다

그대 그리울 때면

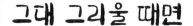

국미나

그대 그리울 때면
보고 싶은 마음에 꽃나무를
심어 놓았습니다

꿈속에서라도 해맑은 얼굴을
보고 싶어 별을 초롱초롱
심어놓았습니다

하얀 봄눈이 내리는 날
하얀 빛 뿌리며 오시라는 편지를
바람에 실어 심었습니다

그대 그리울 때면

- 시 국미나

그대 그리울 때면
보고 싶은 마음에 꽃나무를
심어놓았습니다

꿈속에서라도 해맑은 얼굴을
보고 싶어 별을 초롱초롱
심어놓았습니다

하얀 봄눈이 내리는 날
하얀빛 뿌리며 오시라는 편지를
바람에 실어 심었습니다

꽃 날

국미나

사람이
마음 안에
용서하는 마음들
새겨 놓으면
꽃이 피기 시작합니다

용서와 이해
순종과 긍정이
함께 하는 날은
어여쁜 꽃날입니다

꽃날

− 시 국미나, 손글씨 이양희

사람이
마음 안에
용서하는 마음을
새겨 놓으면
꽃이 피기 시작합니다

용서와 이해
순종과 긍정이
함께 하는 날은
어여쁜 꽃날입니다

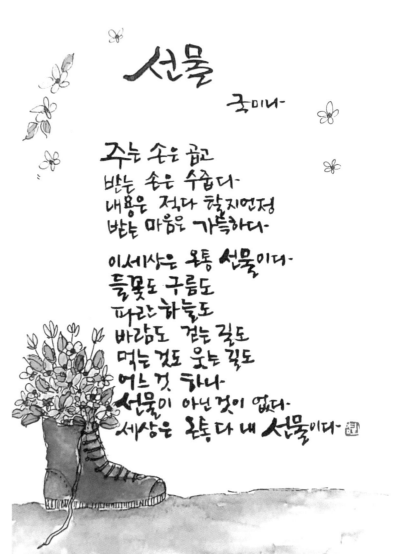

선물

국미나

주는 손은 곱고
받는 손은 수줍다
내용은 적다 할지언정
받는 마음은 가득하다

이세상은 온통 선물이다
들꽃도 구름도
파란 하늘도
바람도 걷는 길도
먹는 것도 웃는 길도
어느 것 하나
선물이 아닌 것이 없다
세상은 온통 다 내 선물이다

선물

– 시 국미나, 손글씨 이양희

주는 손은 곱고
받는 손은 수줍다
내용은 적다 할지언정
받는 마음은 가득하다

이 세상은 온통 선물이다.
들꽃도 구름도
파란 하늘도
바람도 걷는 길도
먹는 것도 웃는 것도
어느 것 하나
선물이 아닌 것이 없다
세상은 온통 다 내 선물이다

꽃

김광재

수많은
발걸음이 수없이 오고 가는
길거리 보도블록 틈새에 피어있네
무심코
내려다보니 발치 끝에 한 송이

꽃

– 시 김광재

수많은

발걸음이 수없이 오고 가는

길거리 보도블록 틈새에 피어있네

무심코

내려다보니 발치 끝에 한 송이

달맞이꽃

굴숲동백 김나경

달빛이 가로등보다 밝은 날에는
그대가 그리워지는 시간

촉촉한 눈빛의 그대가
나를 바라보면
달의 기운을 받아
당신을 유혹하고

나는 심장이 쿵쾅거리다
얼음보다 차가운 달빛이 끓어오르도록
뜨거워지는 몸과 마음으로
당신 품에 안깁니다

내가 이렇게 사랑할 수 있다는 것은

아직
숨 쉬고 있기 때문입니다
뜨거운 심장이 피를 뿜어내고 있기 때문입니다.

당신을 사랑하여
내 몸이 녹아내려 사라진다 하여도
나는 이 밤 달빛 품에
녹아내리는 달맞이 꽃입니다

달맞이꽃

– 시 글숨동백 김나경

달빛이 가로등보다 밝은 날에는
그대가 그리워지는 시간

촉촉한 눈빛의 그대가
나를 바라보면
달의 기운을 받아
당신을 유혹하고

나는 심장이 쿵쾅거리다
얼음보다 차가운 달빛이 끓어오르도록
뜨거워지는 몸과 마음으로
당신 품에 안깁니다

내가 이렇게 사랑할 수 있다는 것은
아직 숨 쉬고 있기 때문입니다
뜨거운 심장이 피를 뿜어내고 있기 때문입니다.

당신을 사랑하여
내 몸이 녹아내려 사라진다 하여도
나는 이 밤 달빛 품에
녹아내리는 달맞이 꽃입니다

유혹

굴숨동백 김나경

여러해가 지나
오래된 둥지

그곳에 누우면
나무 사이로 바다가 보인다.

벌어진 창틈으로
바람이 보이고

건너편 산자락에
요염한 단풍이

햇살을 유혹하고
나는

그를 매혹하려
달빛을 기다리고 있다

유혹
– 시 글숨동백 김나경

여러 해가 지나
오래된 둥지

그곳에 누우면
나무 사이로 바다가 보인다.

벌어진 창틈으로
바람이 보이고

건너편 산자락에
요염한 단풍이

햇살을 유혹하고
나는

그를 매혹하려
달빛을 기다리고 있다

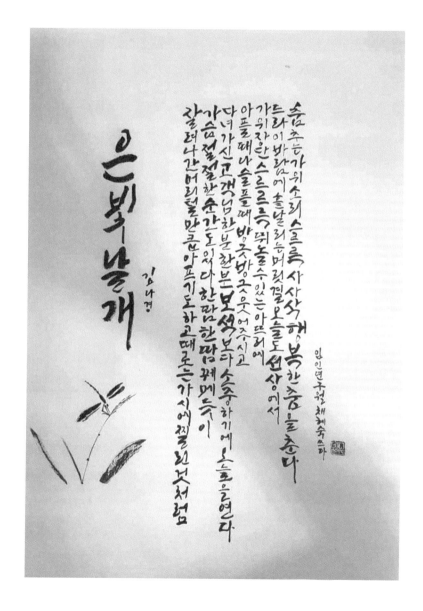

은빛 날개

– 김나경(김미배), 손글씨 채혜숙

잘려 나간 머리털만큼
아프기도 하고
때로는 가시에 찔린 것처럼
가슴 절절한 순간도 있다.
한 땀 한 땀 꿰매듯이
다녀가신 고객님 한 분 한 분
보석보다 소중하기에
오늘을 연다
아플 때나 슬플 때
방긋방긋 웃어 주시고
가위 장단 스르르륵
뛰놀 수 있는 아뜨리에
드라이 바람에
흩날리는 머릿결
오늘도 선상에서
춤추는 가위소리
스르륵 사사삭
행복한 춤을 춘다

어린 날의 추억

김선순

햇살이 눈부신 한낮
넘실대며 반짝이는 물빛 위로
거북이 등은
작은 소녀를 업어주었다

넘쳐흐르는 물이 발목까지 차올라
흔들며 넘어뜨리려 할 때도
중심을 잃지 않고 늘 그 자리에서
소녀의 버팀목이 되어주었다

물그림자에 비친 산을
넘고 또 넘어
돌아가는 거친 물길에
붉게 타버린 가슴
서산마루에 걸린
노을빛에 점 하나
이마를 적시며
추억은 살아서
서서히 사위어 갔다

어린 날의 추억

\- 시 김선순

햇살이 눈부신 한낮
넘실대며 반짝이는 물빛 위로
거북이 등은
작은 소녀를 업어주었다

넘쳐흐르는 물이 발목까지 차올라
흔들며 넘어뜨리려 할 때도
중심을 잃지 않고 늘 그 자리에서
소녀의 버팀목이 되어 주었다

물그림자에 비친 산을
넘고 또 넘어
돌아가는 거친 물길에
붉게 타버린 가슴
서산마루에 걸린
노을빛에 점 하나
이마를 적시며
추억은 살아서
서서히 사위어 갔다

시래깃국

김선옥

푸르른 청춘열차
태양도 불사르듯
속살 다 내어주고
한겨울 녹인 열기
속 깊은
사연 건져내
고향생각 풀리다

어머니 투박한 손
담백히 끓인 온정
뚝배기 언저리에
얼큰히 맺힌 눈물
구수한
향기에 취해
시름마저 녹이다

시래깃국

– 시 김선옥

푸르른 청춘열차
태양도 불사르듯
속살 다 내어주고
한겨울 녹인 열기
속 깊은
사연 건져내
고향 생각 풀리다

어머니 투박한 손
담백히 끓인 온정
뚝배기 언저리에
얼큰히 맺힌 눈물
구수한
향기에 취해
시름마저 녹이다

그녀 둥지를 틀다

김선화

주산 끝자락
황톳길 달려가면
하늘빛을 이고 둥지 튼
이소 카페

바람도 숨 고르면
한자락 노을
뒤태를 바라보며
마실 나온 꽃향기
창가를 서성이네

오순도순
이야기 타래 풀어내면
사랑이 몽글몽글
화답을 하고
단물 든 행복이
오롯이 피어나네

그녀 둥지를 틀다

– 시 김선화

주산 끝자락
황톳길 달려가면
하늘빛을 이고 둥지 튼
이소 카페

바람도 숨 고르면
한 자락 노을
뒤태를 바라보며
마실 나온 꽃향기
창가를 서성이네

오순도순
이야기 타래 풀어내면
사랑이 몽글몽글
화답을 하고
단물 든 행복이
오롯이 피어나네

내 고향 금산리

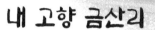

김선화

소양강 끝자락
초록이 넘실넘실
춤추다 지쳐
물속에 길게 누웠다

어린 소녀
낮에 놀다 두고 간
검정 고무신 속은
무당개구리 알의 요람

맑은 구름 속
까만 눈동자 반짝이고
어미 개구리
검정 고무신을 신는다

저녁노을 신음하며
이슬 옆구리 끼고 스며들면
푸른 강도
고무신 속 세상도
붉게 물들어 간다

내 고향 금산리

― 시 김선화

소양강 끝자락
초록이 넘실넘실
춤추다 지쳐
물속에 길게 누웠다

어린 소녀
낮에 놀다 두고 간
검정 고무신 속은
무당 개구리 알의 요람

맑은 구름 속
까만 눈동자 반짝이고
어미 개구리
검정 고무신을 신는다

저녁노을 신음하며
이슬 옆구리 끼고 스며들면
푸른 강도
고무신 속 세상도
붉게 물들어 간다

덧칠

초연 김은자

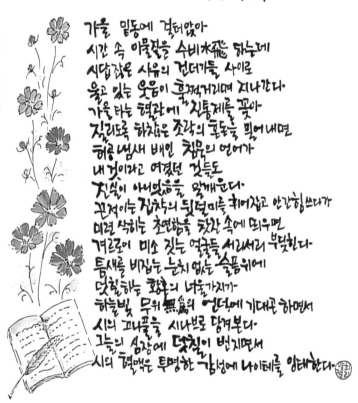

가을 밑동에 걸터앉아
시간 속 이물질을 수비(水飛) 하는데
시답잖은 사유의 건더기들 사이로
울고 있는 웃음이 훌쩍거리며 지나간다.
가을 타는 현관에 진통제를 꽂아
질리도록 화사한 조각의 군둣들 피어내면
허공 냄새 배인 침묵의 언어가
내 것이라고 여겼던 것들도
지식이 아니었음을 일깨운다.
꾸겨이는 집착의 뒷덜미를 취어잡고 안간힘쓰다가
미련 삭히는 초연함속 핏잔 속에 띄우면
겨로이 미소 짓는 얼굴들 서리서리 부딪힌다.
틈새를 비집는 눈치 없는 슬픔위에
덧칠하는 황혼의 너울가지가
하늘빛 무위(無爲)의 언덕에 기대곤 하면서
시의 꼬나풀을 시나브로 당겨본다.
그늘의 심장에 덧칠이 번지면서
시의 혈맥은 투명한 감성에 나이테를 잉태한다.

덧칠
– 시 초연 김은자, 손글씨 이양희

가을 밑동에 걸터앉아
시간 속 이물질을 수비水飛하는데
시답잖은 사유의 건더기들 사이로
울고 있는 웃음이 훌쩍거리며 지나간다
가을 타는 혈관에 진통제를 꽂아
질리도록 하찮은 조락의 혼돈을 밀어내면
허공 냄새 배인 침묵의 언어가
내 것이라고 여겼던 것들도
진실이 아니었음을 일깨운다
끈적이는 집착의 뒷덜미를 휘어잡고 안간힘 쓰다가
미련 삭히는 초연함을 찻잔 속에 띄우면
겨르로이 미소 짓는 얼굴들 서리서리 부딪힌다
틈새를 비집는 눈치 없는 슬픔 위에
덧칠하는 황혼의 너울가지가
하늘빛 무위無爲의 언덕에 기대곤 하면서
시의 끄나풀을 시나브로 당겨본다
그늘의 심장에 덧칠이 번지면서
시의 혈맥은 투명한 감성에 나이테를 잉태한다.

사진 김은자

봄은

재종김영월님 꽃잠
초면 김은자 나눌글

어찌고 불러주라
고통없이 보는것은
빠가 미틀며 소근합니가
물안의 개질로
추장에 쓴고로상유라
멘단 외론
벼가자가 흥금발간외
디면 모매기를 한후에
몸이마장조의 못한사
짐러랑을 벗긴다
의허님에서 황혼의
빨간글을 쓴는몸입
가면 광으로진종하나
하르는 물저감

몰입

- 시 초연 김은자, 손글씨 려송 김영섭

흐르는 물처럼
자연적으로 집중하다 빠지는
글을 쓰는 몰입의 터널에서
황혼의 칙칙함을 벗긴다

몰입이 창조의 모판이 되면
모내기를 한 후에 벼가 자라
황금벌판의 계단을 밟고
내 지적 통장에 잔고로 남으리라

몰입의 껍질을 벗기다 말면
속 알맹이가
고통 없이 얻는 것은
없다고 일러 준다

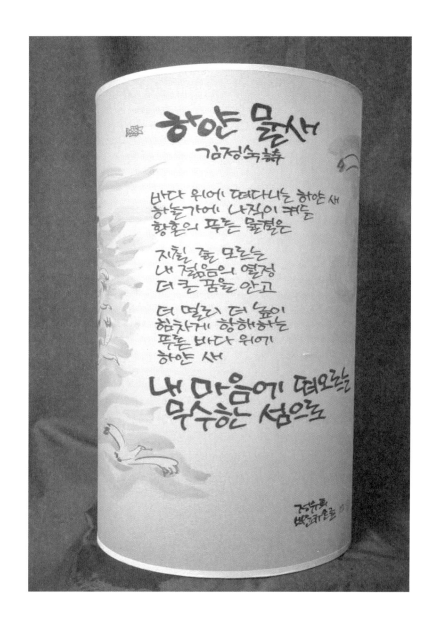

하얀 물새

- 시 김정숙, 손글씨 박윤규

바다 위에 떠다니는 하얀 새
하늘가에 나직이 켜든
황혼의 푸른 물결은

지칠 줄 모르는
내 젊음의 열정
더 큰 꿈을 안고

더 멀리 더 높이
힘차게 향해 하는
푸른 바다 위에
하얀 새

내 마음에 떠오르는
무수한 섬으로

너는 나의 거울

김주화

어떤 인연이 되어
이 산기슭에 홀로 피었는가
외롭다 느껴 떨지 않고
아픔이 와도 울지 않는 너

어쩌다 만난 벌과 나비
감사해서 웃어주고
잠시 들러 놀아주는 바람에
고마워하는 너는

이정표 없는 내 인생과 닮아
가까이 갈 수 없어
멀리서 너를 본다.

너는 나의 거울

- 시 김주화

어떤 인연이 되어
이 산기슭에 홀로 피었는가
외롭다 느껴 떨지 않고
아픔이 와도 울지 않는 너

어쩌다 만난 벌과 나비
감사해서 웃어주고
잠시 들러 놀아주는 바람에
고마워하는 너는

이정표 없는 내 인생과 닮아
가까이 갈 수 없어
멀리서 너를 본다.

여름 사랑

김주화

뜨거워 가슴타고
그리워 애가 타고
저 햇살 닮아가는
내 맘에 사랑 한 점
여름 날
홀로 그리는
무당벌레 짝사랑

여름 밤 저 하늘엔
별자리 총명하고
내안에 사랑 한 점
은하수 닮았어라
해 질 녘
붉은 노을은
홀로 우는 내 눈물

여름 사랑

- 시 김주화

뜨거워 가슴 타고
그리워 애가 타고
저 햇살 닮아가는
내 맘에 사랑 한 점
여름날
홀로 그리는
무당벌레 짝사랑

여름밤 저 하늘엔
별자리 총명하고
내 안에 사랑 한 점
은하수 닮았어라
해 질 녁
붉은 노을은
홀로 우는 내 눈물

장독대의 사랑

김지향

새끼줄에 매달린 메주
곰팡이 꽃을 피우는 그 내음
어머니의 눈물꽃 같은 짠맛이 피었다

태양을 머금은 함박웃음에
어울렁더울렁 엉켜지고 부서진다
새로 태어나는 내 어머니
의달콤한 맛이다

붉은 사랑이 부뚜막에서
보글보글 끓고 있다
한 고개 한 고개 넘어오는
붉은 물은 더 짙어
사랑으로 고인다

익어가는 생의 언덕을 곰삭이며
숨소리도 헐떡인다
삭혀내는 그리움은 손맛이다

장독대의 사랑

- 시 김지향

새끼줄에 매달린 메주
곰팡이 꽃을 피우는 그 내음
어머니의 눈물꽃 같은 짠맛이 피었다

태양을 머금은 함박웃음에
어울렁더울렁 엉켜지고 부서진다
새로 태어나는 내 어머니의
달콤한 맛이다

붉은 사랑이 부뚜막에서
보글보글 끓고 있다
한 고개 한 고개 넘어오는
붉은 물은 더 짙어
사랑으로 고인다

익어가는 생의 언덕을 곰삭이며
숨소리도 헐떡인다
삭혀내는 그리움은 손맛이다

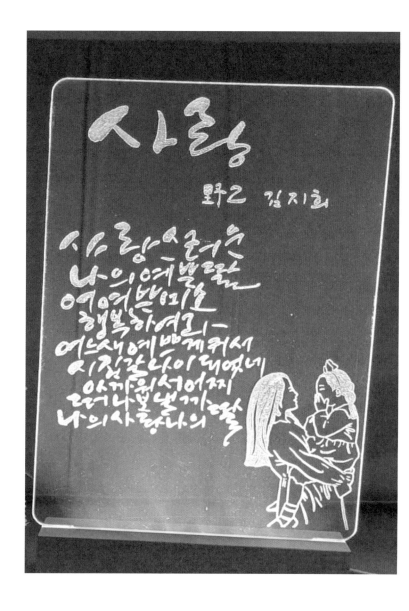

사랑

– 시 野乙 김지희, 아크릴등제작 백우준

사랑스러운
나의 예쁜 딸
어여쁜 미소
행복하여라

어느새 예쁘게 커서
시집갈 나이 되었네
아까워서 어찌 떠나보낼까
참 어여쁘다

나의 사랑 나의 딸

가을 유감

나일환

세월은
가을을 향해
달려가는데

시간은
속도계처럼
빠르게 지나가네

나는 흰 머리와 주름만
전리품처럼 챙긴다

천천히
SLOW

가을 유감

- 시, 사진 나일환

세월은
가을을 향해
달려가는데

시간은
속도계처럼
빠르게 지나가네

나는 흰 머리와 주름만
전리품처럼 챙긴다

상처

– 시 남궁임순, 손글씨 려송 김영섭

먼저 기도로 시작한다
때를 따라
주시는 여호와 라파 치료
마음에 상처가 크다
우쿠라이나 전쟁
코로나로 어려움에
상처 속에서 헤쳐 나오리

마스크 쓰고 어이 하리
날마다 죽는다

죽음에서 일어서리
능이오리 백숙 먹고
힘을 내어 영혼을 살리라
내 모습 이대로

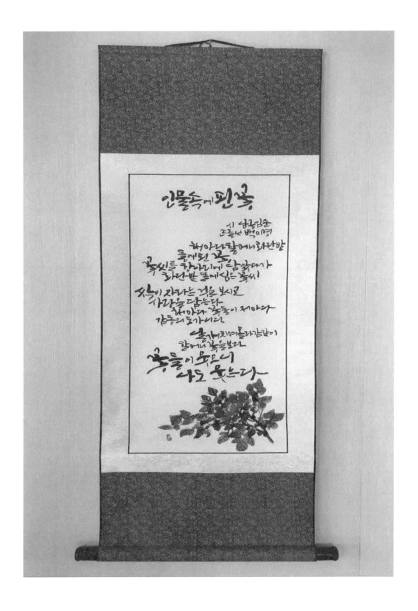

인물 속에 핀 꽃

- 시 남궁임순, 손글씨 백미경

해마다 할머니 화단밭
뜰에 핀 꽃
꽃씨를 항아리에 담았다가
화단밭 뜰에 심은 꽃씨

싹이 자라는 것을 보시고
사랑을 담는다

해마다 꽃들이 저마다
감동의 도가니다

날개치며 올라감같이
할머니 꽃을 보라
꽃들이 웃으니
나도 웃는다

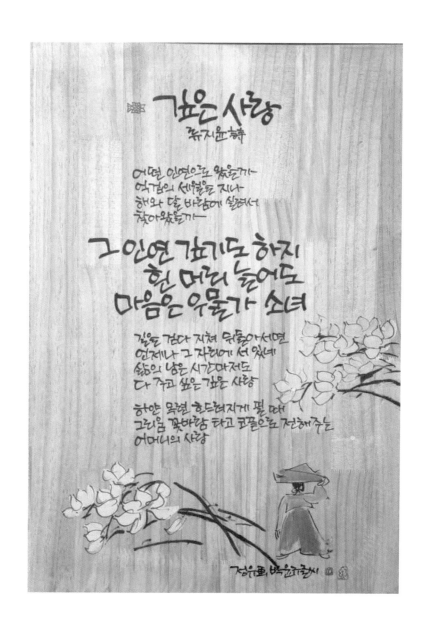

값진 사랑
두지윤 詩

어떤 인연으로 왔을까
억겁의 세월들로 지나
해와 달 바람에 실려서
찾아왔을까

그 인연 값기도 하지
흰 머리 늙어도
마음은 우물가 소녀

길을 걷다 지쳐 뒤돌아서면
언제나 그 자리에 서 있네
삶의 남은 시간마저도
다 주고 싶은 값진 사랑

하얀 목련 흐드러지게 필 때
그리움 꽃바람 타고 끝끝으로 전해주는
어머니의 사랑

정우畵, 박윤희글시

깊은 사랑
- 시 류지윤, 손글씨 박윤규

어떤 인연으로 왔을까
억겁의 세월을 지나
해와 달 바람에 실려서
찾아왔을까

그 인연 깊기도 하지
흰머리 늘어도
마음은 우물가 소녀

길을 걷다 지쳐 뒤돌아서면
언제나 그 자리에 서 있네
삶의 남은 시간마저도
다 주고 싶은 깊은사랑

하얀목련 흐드러지게 필때
그리움 꽃바람 타고
코끝으로 전해주는 어머니의 사랑

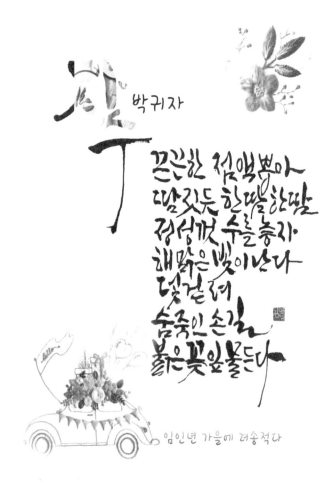

꽃

박귀자

끈끈한 침액뽑아
담짓듯 한땀 한땀
정성껏 수를 놓자
해맑은 빛이난다
덧칠한
숨죽인 손길
붉은 꽃잎 물든다

임인년 가을에 려송적다

자수

– 시조 박귀자, 손글씨 려송 김영섭

끈끈한 점액 뽑아
땀 짓듯 한 땀 한 땀
정성껏 수를 놓자
해맑은 빛이 난다
덫 걸려
숨죽인 손길
붉은 꽃잎 물든다

참새

박귀자

임인년 가을에 겨송쓰다

참새

– 시조 박귀자, 손글씨 려송 김영섭

펼쳐진 빨랫줄에
긴장감 늘어진 줄
팽팽히 매만지며
뒷걸음질 물러나면
지친 맘
햇살 아래서
걸터 앉아 달랜다

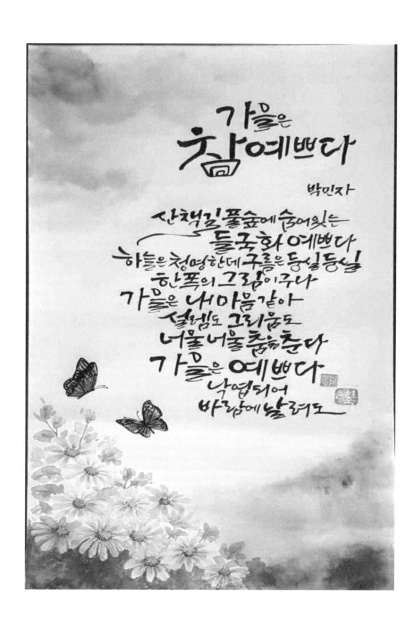

가을은
참예쁘다

박민자

산책길 풀숲에 숨어있는
들국화 예쁘다
하늘은 청명한데 구름은 둥실둥실
한폭의 그림이구나
가을은 내마음같아
설렘도 그리움도
너울너울 춤을춘다
가을은 예쁘다
낙엽되어
바람에 날려도

가을은 참 예쁘다

   - 시 박민자, 소녀붓샘 윤현숙

산책길
풀숲에 숨어있는
들국화 예쁘다

하늘은 청명한데
구름은 둥실둥실
한 폭의 그림이구나

가을은 내 마음 같아
설렘도 그리움도
너울너울 춤을 춘다

가을은 예쁘다
낙엽 되어 바람에 날려도

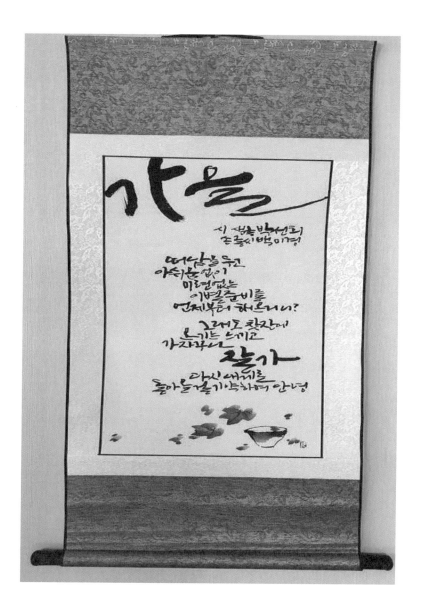

가을

– 시 샘물 박선희, 손글씨 백미경

떠남을 두고
아쉬움 없이
미련 없는
이별 준비를
언제부터 해온 거니?

그래도 찻잔에
온기는 느끼고
가자꾸나
잘 가
다시 내게로
돌아올 걸 기약하며 안녕

전등사 샘물 박선희

나지막한 돌계단
층층이 끼고
하늘 문이 열린 사이로
솜구름이 두둥실 떠간다

조용한 탁자 위
오미자향 가득히 내려놓고
사랑하는 이와 마시는 차 한 잔
기쁨이 더해진다

쓰르르 쓰르르
매미의 여름휴가
노래 한 곡이
찻집 위로 흘러나와
피아노곡에 합주곡 되고

수채화 화폭 펼쳐진 쉼터
군데군데 화가들의
바쁜 손놀림 가득한 전등사

내 어미
유방 같은 숲 속에
낮은 잔디
솔바람을 베고
시름을 잊어버린 한여름
행복한 수를 한 땀 한 땀
놓아 가는 하루

전등사

- 시 샘물 박선희

나지막한 돌계단
층층이 끼고
하늘 문이 열린 사이로
솜구름이 두둥실 떠간다

조용한 탁자 위
오미자향 가득히 내려놓고
사랑하는 이와 마시는 차 한 잔
기쁨이 더해진다

쓰르르 쓰르르
매미의 여름휴가
노래 한 곡이
찻집 위로 흘러나와
피아노곡에 합주곡 되고

수채화 화폭 펼쳐진 쉼터
군데군데 화가들의
바쁜 손놀림 가득한 전등사

내 어미
유방 같은 숲속에
낮은 잔디
솔바람을 베고
시름을 잊어버린 한여름
행복한 수를 한 땀 한 땀
놓아 가는 하루

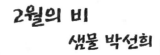

2월의 비
샘물 박선희

그림자가
유난히
길어지는
밤

뚜~욱 두둑
빗방울 소리
가야금
타는 여인 같은
슬픈 음조여

오실 때에도
가실 때에도
바람만 유난히
불더니
아픔만
뿌려 놓고

2월의 비

− 시 샘물 박선희, 포토그라피 채은지

그림자가
유난히
길어지는
밤

뚜~욱 두둑
빗방울 소리
가야금
타는 여인 같은
슬픈 음조여

오실 때에도
가실 때에도
바람만 유난히
불더니
아픔만
뿌려 놓고

금낭화

박원옥

대롱대롱 달린
그리움 터뜨려
그대 앞에
다 쏟아놓고
내 마음 고백할까

방울방울 맺힌
풋사랑 여린 꿈
하나하나
귀 꿰어놓고
내 사랑 고백할까

금낭화

- 시 박원옥

대롱대롱 달린
그리움 터뜨려
그대 앞에
다 쏟아놓고
내 마음 고백할까

방울방울 맺힌
풋사랑 여린 꿈
하나하나
귀 꿰어놓고
내 사랑 고백할까

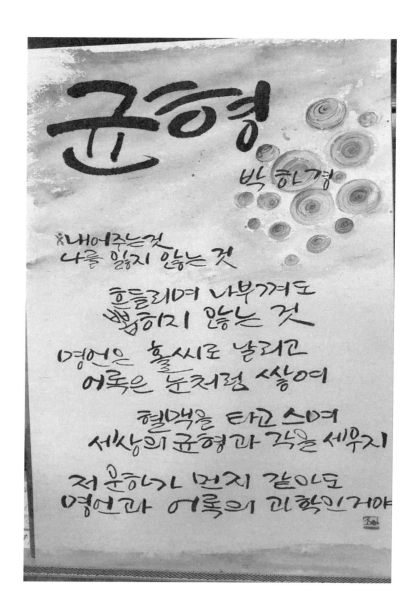

균형
– 시 박하경, 손글씨 남궁정원

내어주는 것
나를 잃지 않는 것

흔들리며 나부껴도
뽑히지 않는 것

명언은 홀씨로 날리고
어록은 눈처럼 쌓여

혈맥을 타고 스며
세상의 균형과 각을 세우지

저 운하가 먼지 같아도
명언과 어록의 과학인거야

동강 할미꽃

시 박하명
손글씨 이양희

하늘의 기운 받고
땅내음 피어나니

온세상 천지만물
새롭게 태어나네

바위에
우뚝 선 사랑
슬픈 추억 아프다

동강할미꽃
– 시 박하영, 손글씨 이양희

하늘의 기운 받고
땅 내음 피어나니

온 세상 천지만물
새롭게 태어나네

바위에
우뚝 선 사랑
슬픈 추억 아프다

장미

박희봉

갓 맺어진 꽃봉오리는
동그란 아기 얼굴 같고

수줍게 살짝 피면
두 볼 빨간 소녀가 되고

활짝 웃으며 피어나면
아름다운 여인이 된다.

한아름의 장미꽃을
사람들은 좋아하지만

나는 한송이 장미로
사랑을 노래하리라

장미

– 시 박희봉, 손글씨 이양희

갓 맺어진 꽃봉오리는
동그란 아기 얼굴 같고

수줍게 살짝 피면
두 볼 빨간 소녀가 되고

활짝 웃으며 피어나면
아름다운 여인이 된다

한 아름의 장미꽃을
사람들은 좋아하지만

나는 한 송이 장미로
사랑을 노래하리라

산

– 마석 서정희, 아크릴 등 제작가 백우준

희뿌연
하늘가를
무심히 올려보니
단장한 해가 불쑥
헤치며 다가오네
죽은 듯 고요 고요히
잠자던 것 위하여

밤사이
몸서리친
길가의 잡초까지
햇살을 안고지고
해바라기 한창인데
말 없는 그대 여전히
그저 그리 서 있네

끝없는 사랑

麈石 서건의

거치른 파도 위로 오르고 타고 넘는
서러의 피도 떠겨 광관의 몸짓처럼
세상의 줄을 당기며 가쁜춤을 벗네
나홀로 던져진듯 황량한 들판에도
고운해 여겨타여 따스히 비춰주
두려움 전허 없으며 그 사랑이 있기에

끝없는 사랑
– 시조 마석 서정희, 스텐드등 백우준

거칠은 파도 위를
오르고 타고 넘는
서퍼의 리드미컬
광란의 몸짓처럼
세상의 줄을 당기며
가쁜 숨을 내쉬네
나 홀로 던져진 듯
황량한 벌판에도
고운 해 여전하여
따스히 비춰주니
두려움 전혀 없어라
그 사랑이 있기에

메리골드

혜록 성의순

메리골드는
가을꽃의 여왕
그 모습 참 좋아라
깊은 향기 만수국
내 마음을 붙잡네

세상사 둥글둥글
너와 나 나눔실천
밝은사람 즐겁고
일석다조 메리골드
만수국 참 좋아라

메리골드 꽃말은
꼭 오야 말 행복
나도 찾아 나서리

메리골드

– 시 성의순, 손글씨 이양희

메리골드는
가을꽃의 여왕
머리가 노란 너는
금잔화가 아니더냐
외모는 금송화라
그 모습 참 좋아라
깊은 향기 만수국
내 마음을 붙잡네

세상사 둥글둥글
너와 나 나눔 실천
받는 사람 즐겁고
나 역시도 즐거워라
일석 다조 메리골드
만수국 참 좋아라
메리골드의 꽃말은
꼭 오고야 말 행복
나도 찾아 나서리

건강한 몸과 맘

혜록 성의순

사람의 몸은 생명체
정(精)은 몸뚱아리
신(神)은 정신(마음)
기(氣)가 들어오면
생명체(生命體)가 된다

마음이 가면 기운(氣運)이 모이고
기운(氣運)이 가는 곳에 혈(血)따라간다
기(氣)와 혈(血)가는 곳에 생명이 숨쉰다.

숨은 잘 쉬는가?
밥은 제대로 먹는가?
마음은 편안한가?
강자(强者)가 살아남는가!
살아남아야 강자(强者)인가!
살아 남는자가 강자(强者)이다

sanghee

건강한 몸과 맘
- 시 혜록 성의순, 손글씨 이양희

사람의 몸은 생명체
정(精)은 몸뚱어리
신(神)은 정신(마음)
기(氣)가 들어오면
생명체가(生命體)가 된다.

마음이 가면 기운(氣運)이 모이고
기운(氣運)이 가는 곳에 혈이 따라간다
기(氣)와 혈(血) 가는 곳에 생명이 숨쉰다

숨을 잘 쉬는가?
밥은 제대로 먹는가?
마음은 편안한가?
강자(强者)가 살아남는가?
살아남아야 강자(强者)인가?
살아남는 자가 강자(强者)이다.

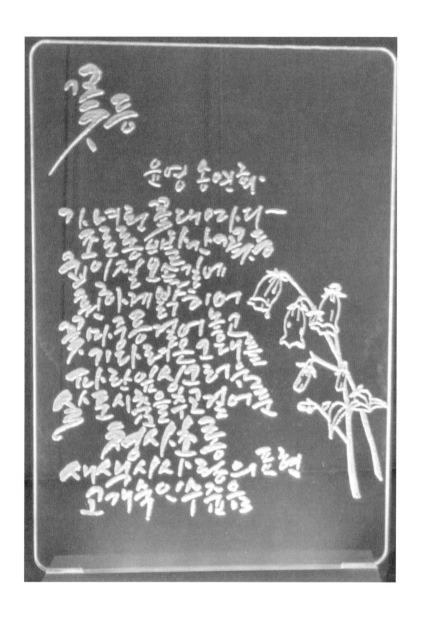

꽃등

– 윤영 송연화, 백우준 작가

가녀린 꽃대마다
조로롱 빨간 꽃등
굽이진 오솔길에
훤하게 불 밝히어
꽃 마중 등 걸어 놓고
기다려요 그대를

파란 잎 싱그러움
살포시 춤을 추고
걸어둔 청사초롱
종소리 울리는데
새색시 사랑의 표현
고개 숙인 수줍음

별밤

윤영 송연화

노오란 들녘에는
놀러온 별무리들
은하수 다리놓아
별 밤을 즐기노라
갈 바람 속삭임 속에
깊어가는 가을밤

까만 밤 깊어가고
뜨락의 귀뚜라미
밤새워 귀뚤귀뚤
구슬피 우는구나
아득히 멀어지는 잠
풀벌레들 사랑가

별방

– 윤영 송연화

노오란 들녘에는
놀러 온 별무리들
은하수 다리 놓아
별밤을 즐기노라
갈 바람 속삭임 속에
깊어가는 가을밤

까만 밤 깊어가고
뜨락의 귀뚜라미
밤새워 귀뚤귀뚤
구슬피 우는구나
아득히 멀어지는 잠
풀벌레들 사랑가

사랑의 열매

윤영 송연화

쨍쨍쨍 고운 햇살
텃밭의 농작물에
살포시 내려앉아
정답게 웅성웅성
옥수수 개꼬리가 쑥
살랑살랑 번지네

저마다 꿀벌 사랑
오가며 살갑더니
열매와 알곡들이
여물고 익어가네
사랑이 다녀간 자리
동글 길쭉 신나네

사랑의 열매
– 시조 윤영 송연화, 포토그라피 채은지

쨍쨍쨍 고운 햇살
텃밭의 농작물에
살포시 내려앉아
정답게 웅성웅성
옥수수 개꼬리가 쑥
살랑살랑 번지네

저마다 꿀벌 사랑
오가며 살갑더니
열매와 알곡들이
여물고 익어가네
사랑이 다녀간 자리
동글 길쭉 신나네

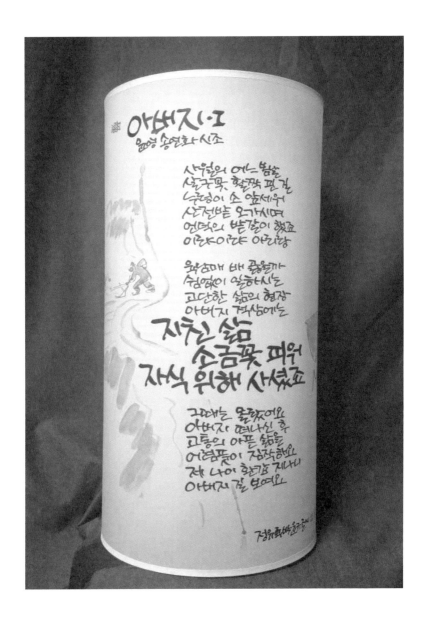

아버지(1)

- 시조 윤영 송연화, 손글씨 박윤규

사월의 어느 봄날
살구꽃 활짝 핀 길
누렁이 소 앞세워
산전 밭 오가시며
언덕의 밭갈이 했죠
이랴 이랴 아리랑

육남매 배 곯을까
쉼 없이 일하시는
고단한 삶의 현장
아버지 적삼에는
지친 삶 소금꽃 피워
자식 위해 사셨죠

그때는 몰랐어요
아버지 떠나신 후
고통의 아픈 삶을
어렴풋이 짐작해요
제 나이 환갑 지나니
아버지 길 보여요

인생길

윤영 송연호 詩

고운 인연 맺어
마주 잡은 두 손
함께한 세월아

저 멀리에
행복 있는 줄 알고
앞만 보고 달려온 세월

무심한 세월에
청춘을 다 보내고
뒤돌아 본 인생길

행복은 울타리 안에
사랑꽃 피고 지고
우리의 인생길이었네

인생길

- 시 윤영 송연화, 손글씨 박윤규

고운 인연 맺어
마주 잡은 두 손
함께한 세월아

저 멀리에
행복 있는 줄 알고
앞만 보고 달려온 세월

무심한 세월에
청춘을 다 보내고
뒤돌아본 인생길

행복은 울타리 안에
사랑꽃 피고 지고
우리의 인생길이었네

글 신광순 을씨 김영환

계신다
눈물을 흘리고
내 등에 업히고
이제 2 어머니는
어머니 말씀은 친구 같았다
내가 나이 들어
어머니 말씀은 돌 같았고
내가 젊었을 때
어머니 말씀은 잔소리 같고
내가 어렸을 때

삽화출처 '불효자'

어머니 말씀
– 시 신광순, 손글씨 려송 김영섭

내가 어렸을 때
어머니의 말씀은 잔소리 같았고

내가 젊었을 때
어머니 말씀은 등불 같았고

내가 나이 들어 어머니
말씀은 친구 같았고

이제 그 어머니는
내 등에 업히고
눈물을 흘리고 계신다

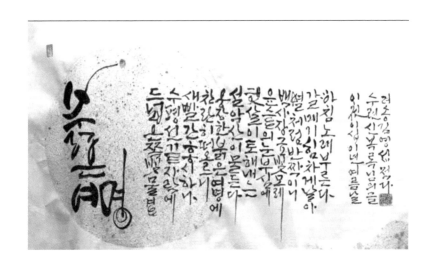

붉은 여명

– 시조 수련 신복록, 손글씨 려송 김영섭

드넓은 쪽빛 물결
수평선 끝자락에
새빨간 홍시 하나
찬란히 떠오르니
웅장한
붉은 여명에
설악산이 물든다

햇살이 토해내는
윤슬의 눈부심이
백사장 금빛 보석
별처럼 반짝이니
갈매기
힘차게 날며
아침 노래 부른다

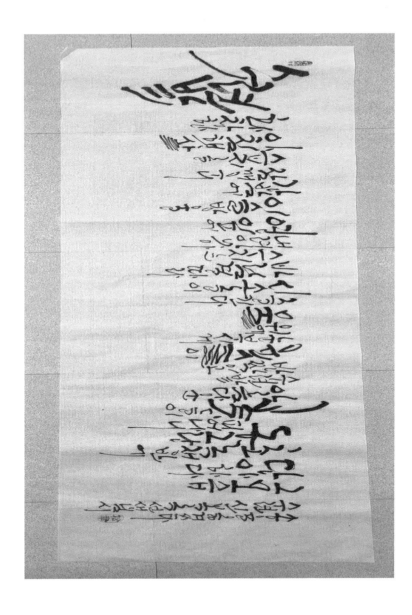

수련밭
- 시조 수련 신복록, 손글씨 송율 차해정

화창한 아침햇살
습지를 잠 깨우니
간밤에 이슬방울
연잎에 내려앉아
스치는 바람결 따라
시소 놀이 즐긴다

물 위에 눈부시게
윤슬이 반짝이고
수련밭 아름다운
꽃들이 피어나니
동그란 초록 쟁반에
단아하다 그 모습

종자와 시인 박물관

산여울 신순희

너나 나나 흙에서 태어났다
흙냄새를 알고
썩어 쾌쾌한 거름 내음 맡고 태어났다
두텁고 거칠든지
얇고 반질거리든지 모두가
언젠가 돌아갈 고향은 흙이다
차디 찬 비바람 맞으며 떨며
서걱거리는 표정을 감추며
웃다가 맺은 열매이다
누군가에게 갇혀 있음에도
행복하고
누군가에게 소망이 될 만한
알맹이를 담고 있어 뿌듯하다
유한한 삶을 초야에 새기든지
유구한 삶을 돌비에 새기고
오랫동안 지켜볼 일이다
누군가의 생(生)을 이어줄 생명이기에

- 글벗백일장 장려상 입상작품 -

종자와 시인박물관

- 산여울 신순희

너나 나나 흙에서 태어났다
흙냄새를 알고
썩어 쾌쾌한 거름 내음 맡고 태어났다
두텁고 거칠든지
얇고 반질거리든지 모두가
언젠가 돌아갈 고향은 흙이다
차디 찬 비바람 맞으며 떨며
서걱거리는 표정을 감추며
웃다가 맺은 열매이다
누군가에게 갇혀 있음에도
행복하고
누군가에게 소망이 될 만한
알맹이를 담고 있어 뿌듯하다
유한한 삶을 초야에 새기든지
유구한 삶을 돌비에 새기고
오랫동안 지켜볼 일이다
누군가의 생(生)을 이어줄 생명이기에

　-글벗백일장 장려상 입상작품-

멍우리 협곡

산여울 신순희

뜨거운 용암 흘러 유일한 협곡 통로
황금 털 가진 수달 그 지명 멍과 울 리
한국의 그랜드캐년 삼십사 킬로미터
협곡 벽 듬성 구멍 멍우리 이름 했나
뜻밖의 지명 역사 진지한 사색 몰입
탐방길 걷지 않으면 경험 못할 지질층
풀 덮인 여름보다 겨울에 볼 것 많고
얼음 위 넘나들며 호기심 살찌우는
선명히 윤곽 드러난 주상절리 현무암

멍우리 협곡

– 시조 산여울 신순희

뜨거운 용암 흘러 유일한 협곡 통로
황금 털 가진 수달 그 지명 멍과 을 리
한국의 그랜드캐년 삼십사 킬로미터
협곡 벽 듬성 구멍 멍우리 이름 했나
뜻밖의 지명 역사 진지한 사색 몰입
탐방길 걷지 않으면 경험 못할 지질층
풀 덮인 여름보다 겨울에 볼 것 많고
얼음 위 넘나들며 호기심 살찌우는
선명히 윤곽 드러난 주상절리 현무암

그대는 장미

신희목

장미꽃
붉은 미소
네 마음 알고 싶소

미 파 솔 음계 따라
노래가 들려오오

영롱한
맑은 가슴에
천년지기 될 테요

그대는 장미

– 신희목

장미꽃
붉은 미소
네 마음 알고싶소

미 파 솔 음계 따라
노래가 들려오오

영롱한
맑은 가슴에
천년 지기 될테요

소나기

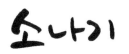

신희목

후
두
둑

휘잉
쏴아아
미쳤다

봉숭아
꽃 다 지겠다
그대 가슴 또 젖겠다

소나기

-시 신희목

투
두
둑

휘잉
쏴아아
미쳤다

봉숭아
꽃 다 지겠다
그대 가슴 또 젖겠다

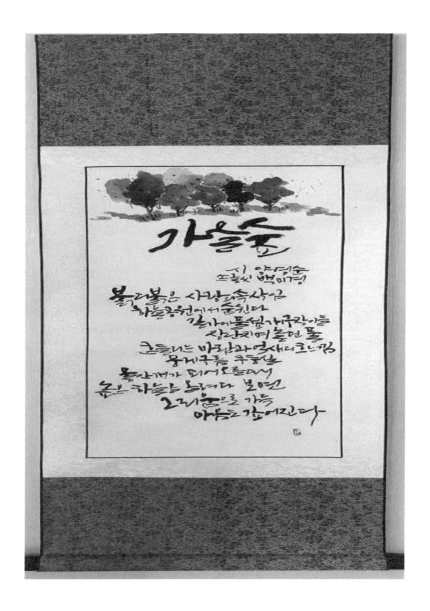

가을 숲
– 시 양영순, 손글씨 백미경

붉디붉은 사랑의 속삭임
하늘공원에서 숨 쉰다

길가에 풀섶 개구장이들
장난치며 놀던 풀

흔들리는 바람과 억새의 흐느낌
뭉게구름 두둥실

물안개가 피어오를 때
높은 하늘을 올려다 보면

그리움으로 가득
마음도 깊어진다

에블 /양영순

정처없이
흘러가는
손길같은
구름타고
넓은 들판을
달리고 싶다
저 푸른
하늘 벗삼아
'이 땅이
끝나는 곳에서

114_ 사랑의 씨앗처럼

세월

– 시 양영순, 손글씨 려송 김영섭

정처 없이
흘러가는
솜털 같은
구름 타고
넓은 들판을
달리고 싶다
저 푸른
하늘 벗 삼아
이 땅이
끝나는 곳에서

수리 숲, 그곳에 가는 길
양윤정

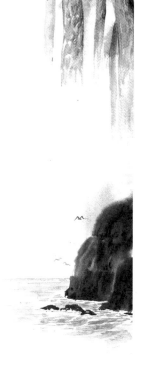

그 숲에 들면 바람의 말 들린다
몸이 바뀌는 숲을 쓰려 하자
숲은 나를 속속 읽고서
뱀이 타고 오른
나무 몸통 계단을 보여 주었네
한 잎 한 잎 올라
무성무성해진 숲에서
바람의 빛과 물소리가 술렁였네
서로의 등을 바라보며
앞모습을 그리워하다
닮아버리는
먼바다의 안부로 띄운 배 한 척이
돌아와 눕는 밤
숲이 바다가 되고
바다가 숲이 되는
제 울음 속으로 손 뻗어
하늘 헤집던 나무는
밤새 어느 바다를
떠돌다 푸른빛을 다하고
돌아왔을까
한 잎 한 잎 오르던 계단
돌아 나오는 붉은 뺨으로
부대끼며 포개지며
아득해지는 것이었네
온 곳으로 돌아가는
길을 잃었네

수리 숲, 그곳에 가는 길

- 시 양윤정

그 숲에 들면 바람의 말 들린다
몸이 바뀌는 숲을 쓰려 하자
숲은 나를 속속 읽고서
뱀이 타고 오른
나무 몸통 계단을 보여 주었네
한 잎 한 잎 올라
무성무성해진 숲에서
바람의 빛과 물소리가 술렁였네
서로의 등을 바라보며
앞모습을 그리워하다
닮아버리는
먼바다의 안부로 띄운 배 한 척이
돌아와 눕는 밤
숲이 바다가 되고
바다가 숲이 되는
제 울음 속으로 손 뻗어
하늘 헤집던 나무는
밤새 어느 바다를
떠돌다 푸른빛을 다하고
돌아왔을까
한 잎 한 잎 오르던 계단
돌아 나오는 붉은 뺨으로
부대끼며 포개지며
아득해지는 것이었네
온 곳으로 돌아가는
길을 잃었네

걷는다
희끗희끗
지나간곳
손길바람
담아두어
마음에
달빛울음
스며든
걸어두고
창가에
한믿베어
그리움

그리움

유미옥

내걸에묻다
날리듯이
바람결에
젖어들고
촉촉히
사랑되어
스며든
그리움은
애간한
하늘더머
수평선

채계욱 쓰다

그리움

– 시 윤미옥, 글씨 채혜숙

그리움 한 입 베어
창가에 걸어두고
스며든 달빛 울음
마음에 담아두니
소슬바람 지나간 곳
휘적휘적 걷는다

수평선 하늘 너머
애잔한 그리움은
스며든 사랑 되어
촉촉이 젖어들고
바람결에 날리듯이
내 곁에 머문다

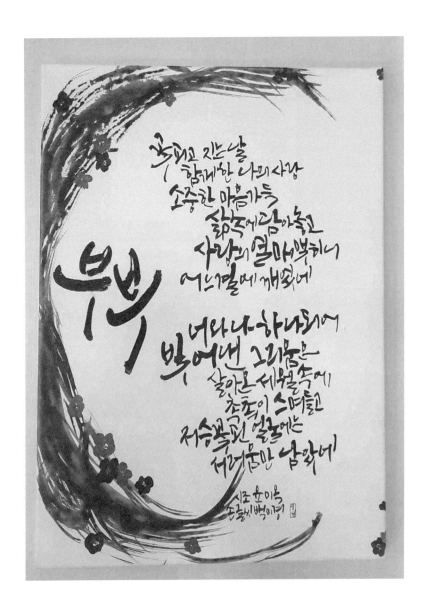

부부

— 시조 윤미옥, 버스 백미경

꽃 피고 꽃 지는날
함께한 나의 사랑
소중한 마음 가득
삶속에 담아놓고
사랑의 열매 맺히니
어느결에 깨었네

너와 나 하나 되어
빚어낸 그리움은
살아온 세월 속에
촉촉이 스며들고
저승꽃 핀 얼굴에는
서러움만 남았네

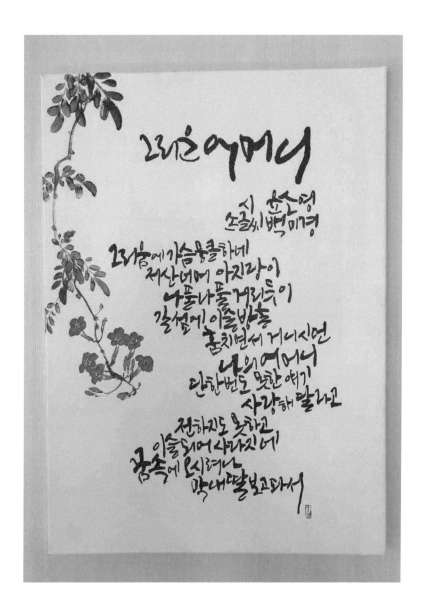

그리운 어머님

– 시 윤소영, 손글씨 백미경

그리움에 가슴 뭉클하네
저 산 너머 아지랑이
나풀 나풀거리듯이
길섶에 이슬방울
훔치면서 거니시던
나의 어머님

단 한번도 못한 얘기
사랑해라고
전하지도 못하고
이슬 되어 사라지네
꿈속에 오시려나
막내딸 보고파서

사랑꽃

– 시 윤소영, 손글씨 려송 김영섭

아득히 은은하게 울려퍼지는 종소리
가만히 귀 기울여
눈 감아 봅니다

어디선가 뚜벅뚜벅 들려오는
발자국소리에
내 임일까 가슴 설렙니다

책갈피에 꽂아둔
옛 추억을 펼쳐보니
사랑의 세레나데 들립니다

얼마나 기다렸나
사랑하는 그 임을
가슴 시리도록 애달파 하며

이제는 사랑이 피었습니다
영원히 지울 수 없는
사랑꽃으로 말입니다

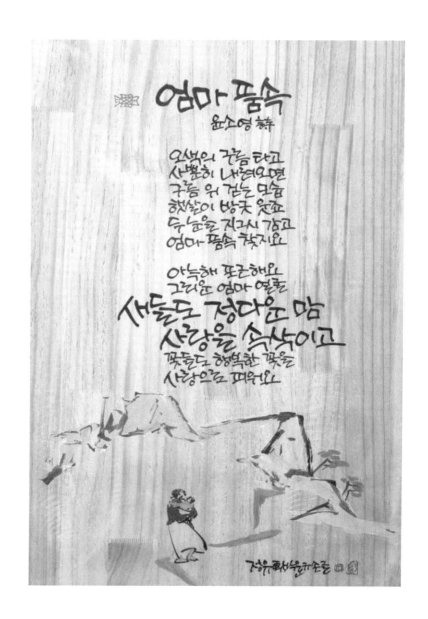

엄마 품속

– 시조 윤소영, 손글씨 박윤규

오색의 구름 타고
사뿐히 내려오면
구름 위 걷는 모습
햇살이 방긋 웃죠
두 눈을 지그시 감고
엄마 품속 찾지요

아늑해 포근해요
그리운 엄마 얼굴
새들도 정다운 맘
사랑을 속삭이고
꽃들도 행복한 꽃을
사랑으로 피워요

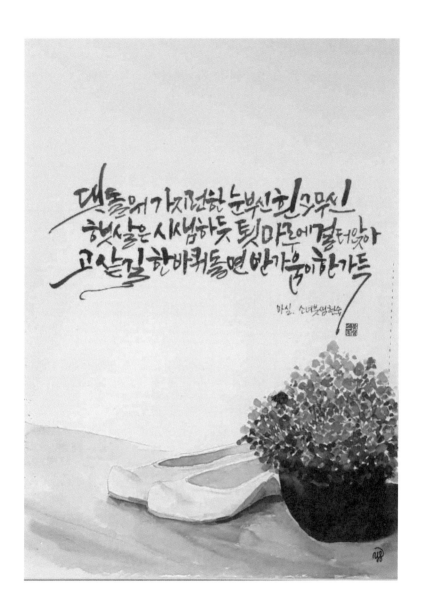

마실
– 시서화, 소녀 붓샘 윤현숙

댓돌 위 가지런한 눈부신 흰 고무신

햇살은 시샘하듯 툇마루에 걸터앉아

고샅길 한 바퀴 돌면 반가움이 한가득

효녀 문정공주

보각 이정숙

칠십여 생살아오며
황 바쁘게 살아왔다
그로인해 몸과 마음
힘들다 제동걸어
병원에 진찰해보니
유방암 초기라네
공주는 웹소설가로
나의 뒷바라지를
한치의 소홀함없이
묵묵히 효도하여
효심이 하늘에 닿아
투병끝에 완치라
이제는 하고픈일
무리없이 해내면서
이렇게 기쁜글쓰며
행복한 여생일세
나날이 일일신하며
알찬 하루 보내네

임인년 구월 이정숙시
채혜숙 쓰다

효녀 문정 공주

– 시 보각 이경숙, 손글씨 채혜숙

칠십여생 살아오며
참 바쁘게 살아왔다
그로 인해 몸과 마음
힘들다 제동걸어
병원에 진찰해 보니
유방암 초기라네

공주는 웹 소설가로
나의 뒷 바라지를
한치의 소홀함 없이
묵묵히 효도하여
효심이 하늘에 닿아
투병 끝에 완치라

이제는 하고픈 일
무리없이 해내면서
이렇게 기쁜 글쓰며
행복한 여생일세
나날이 일일신하며
알찬 황혼 보내네

겨울밤

이규복

고구마가 얇은 겉옷을 벗고서
더워서 못 살겠다 몸을 굴린다

겨울밤에도
화덕 속에서 함께 구른다

군밤도 가슴을 열고
타닥타닥 속삭인다

겨울밤도
군밤 곁에서 중얼거린다

이 밤이 새고 나면
우리는 이별이야

겨울밤 이별은
인생이야!

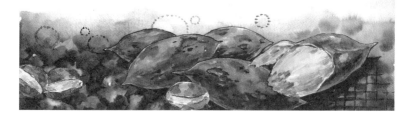

겨울밤

- 시 이규복

고구마가 얇은 겉옷을 벗고서
더워서 못 살겠다 몸을 굴린다

겨울밤에도
화덕 속에서 함께 구른다

군밤도 가슴을 열고
타닥타닥 속삭인다

겨울밤도
군밤 곁에서 중얼거린다

이 밤이 새고 나면
우리는 이별이야

겨울밤 이별은
인생이야!

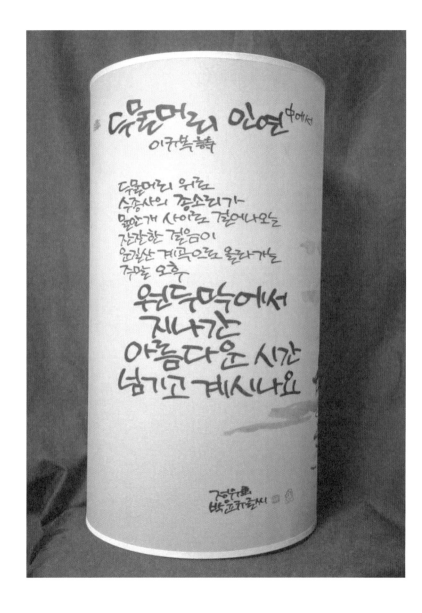

두물머리 인연
- 시 이규복
- 손글씨 박윤규

두물머리 위로
수종사의 종소리가
물안개 사이로 걸어 나오는
잔잔한 걸음이
운길산 계곡으로 올라가는
주말 오후
원두막에서 지나간
아름다운 시간
넘기고 계시나요
- 시 〈두물머리 인연〉 중에서

메리골드

– 시조 玉蟾 이기주, 손글씨 윤필 이종재

달궈낸 색깔 뽑아
활짝 핀 메리골드
군락이 이루어져
꽃물결 넘쳐나고
꽃향기 배어있으니
산 가득히 퍼진다

꽃잎에 조록조록
화색이 만연하니
벌 나비 날아와서
꽃술을 발라내고
비천의 날개를 펼쳐
멀리 높이 날은다

산오름 솔밭 속에
영혼의 불로 빚어
속속이 꽃불 밝힌
고문리 메리 골드
꽃차로 우려낸 향기
한모금씩 넘기네

봉숭아 꽃물 들 때면
- 시조 玉蟾 이기주, 백우준 작가

봉숭아 꽃을 보니
엄마가 생각나서
떨어진 꽃잎 주워
꽃물을 들이려네
손톱에 꽃물이 들면
꿈에라도 오실까

해마다 이맘때면
마음을 둘 곳 없어
엄마를 그리는 맘
세월이 못 지우고
목마름 다홍빛으로
손톱 위에 앉았네

설악초 핀 밤

玉蟾 이기주

새소리 바람 소리
잠들은 산자락에

하얗게 눈 내린 듯
설악초 피었으니

은하수 눈물 몰아다
이슬 되어 앉았네

달빛은 이지러져
그리움 녹아들고

애절한 눈빛으로
깊은 밤 애태우니

이슬이 맺힌 꽃잎은
시리도록 하얗다

설악초 핀 방

– 玉蟾 이기주

새소리 바람 소리
잠들은 산자락에

하얗게 눈 내린 듯
설악초 피었으니

은하수 눈물 몰아다
이슬 되어 앉았네

달빛은 이지러져
그리움 녹아들고

애절한 눈빛으로
깊은 밤 애태우니

이슬이 맺힌 꽃잎은
시리도록 하얗다

만의골

시 이남섭
손글씨 이양희

당신이 말했지요
여기 어디 라일락이 피었나봐요
그러자
그 해 봄
산기슭에서
라일락 향이 쏟아져 내려
골짜기는 온통 연보라였습니다

당신이 말했지요
그곳에 가면 은행나무가 있어요
그러자
그해 가을
세상천지 온 땅에
노란 은행잎이 가득 내렸습니다

당신이 말하는 대로
세상은 그렇게 되었습니다

만의골

– 시 이남섭, 손글씨 이양희

당신이 말했지요
여기 어디 라일락이 피었나 봐요
그러자
그해 봄
산기슭에서
라일락 향이 쏟아져 내려
골짜기는 온통 연보라였습니다

당신이 말했지요
그곳에 가면 은행나무가 있어요
그러자
그해 가을
세상천지 온 땅에
노란 은행잎이 가득 내렸습니다

당신이 말하는 대로
세상은 그렇게 되었습니다

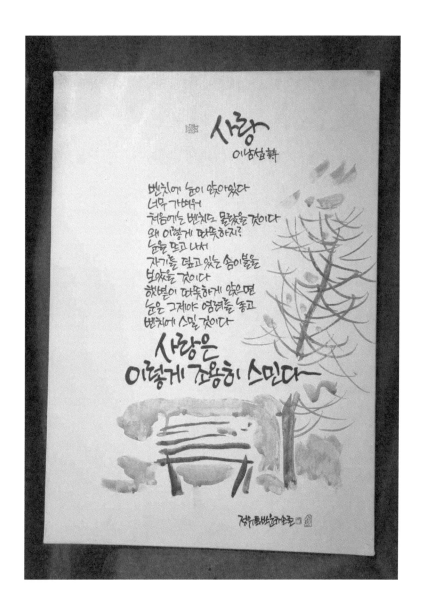

사랑

― 시 이남섭, 손글씨 박윤규

벤치에 눈이 앉아 있다
너무 가벼워
처음에는 벤치도 몰랐을 것이다
왜 이렇게 따뜻하지?
눈을 뜨고 나서
자기를 덮고 있는 솜이불을
보았을 것이다
햇볕이 따뜻하게 앉으면
눈은 그제야 염려를 놓고
벤치에 스밀 것이다
사랑은
이렇게 조용히 스민다

한탄강의 눈물 이도영 시인

민족 분단의
아픈 역사를 끼고
흐르는 한탄강
그 이름 한 맺혀서
눈물처럼 흐르나니
한 없이 한 없이 흐르는구나

사연도 많은
임진강과 합류하여
흐로건만 흩어진 이산가족
어린 부인 버려두고
북쪽으로 가신 임아

한 평생 한 맺혀
북녘을 바라보다
이산가족 만남에서
수절하고 만난 남편
남의 남편되었네

다정하던 임의 얼굴
할아버지 되어서
울부짖는 할머니
한탄강아 너는 아는가

갈라선 이산가족
피 맺힌 아픔을
침묵하는 네 말을 알겠다만
한탄강아
네 눈물 흘러 넘쳐
범람하는 그날에는
통일은 올 것인가

한탄강의 눈물

- 시 광휘 이도영

민족 분단의
아픈 역사를 끼고
흐르는 한탄강
그 이름 한 맺혀서
눈물처럼 흐르나니
한 없이 한 없이 흐르는구나

사연도 많은
임진강과 합류하여
흐르건만 흩어진 이산가족
어린 부인 버려두고
북쪽으로 가신 임아

한 평생 한 맺혀
북녘을 바라보다
이산가족 만남에서
수절하고 만난 남편
남의 남편 되었네

다정하던 임의 얼굴
할아버지 되어서
울부짖는 할머니
한탄강아 너는 아는가

갈라선 이산가족
피 맺힌 아픔을
침묵하는 네 맘을 알겠다만
한탄강아
네 눈물 흘러넘쳐
범람하는 그 날에는
통일은 올 것인가

가을의 목소리

글벗 이명주

소슬바람 실려오는
국화꽃 그대 향기
알알이 여물어가는
가을의 그 목소리

낙엽이 꽃물
들어떨어질 때면
설렌 가슴도 살포시
그리움으로 물든다

빠알간 꽃잎처럼
갈바람 흩날리며
은하수 별빛 되어
그리운 맘 반짝인다

아, 가을이다
그대가 그리운

가을의 목소리

– 글빛 이명주, 포토그라피 채은지

소슬바람 실려오는
국화꽃 그대 향기
알알이 여물어가는
가을의 그 목소리
낙엽이 꽃물 들어요
그대가 하 그리워

살포시 설렌 가슴
그리움 물들 때면
빠알간 꽃잎처럼
갈바람 흩날리네
이제는
아, 가을이다
그대가 참 그리운

가을 내음

이명주

참 좋다 단풍 내음
여름날 수고로움
땀 냄새 배어 있는
내 임의 향기로다
사뿐히
그 길을 가면
그대 향기 만난다

갈 바람 파란 하늘
들꽃 향 가득 품고
낙엽에 적은 사랑
오색빛 임의 편지
살며시
앙가슴 열고
그대 마음 읽는다

가을 내음
- 시조 글빛 이명주, 그래픽디자인 채은지

참 좋다 단풍 내음
여름날 수고로움
땀 냄새 배어 있는
내 임의 향기로다
사뿐히
그 길을 가면
그대 향기 만난다

갈 바람 파란 하늘
들꽃 향 가득 품고
낙엽에 적은 사랑
오색빛 임의 편지
살며시
앙가슴 열고
그대 마음 읽는다

함께 걸으며

이명주

스치는 그대 숨결
설레고 따뜻해라
파아란 하늘 보며
그대 손 잡아본다
오르막
힘든 발걸음
둘이 함께 걷는 길

낙엽진 산길 걷다
서로를 바라보며
애틋한 정 그리워
살갑게 입 맞춘다
넘치는
따뜻한 사랑
하루 해가 저문다

함께 걸으며
- 시 글빛 이명주, 그래픽디자인 채은지

스치는 그대 숨결
설레고 따뜻해라
파아란 하늘 보며
그대 손 잡아본다
오르막
힘든 발걸음
둘이 함께 걷는 길

낙엽 진 산길 걷다
서로를 바라보며
애틋한 정 그리워
살갑게 입 맞춘다
넘치는
따뜻한 사랑
하루 해가 저문다

새길

봉필 이서연

매일 매일 걸어온 길
눈 감고도 찾는 길

가는 길에
묵은 때 씻어도 보고
지나간 길
뒤로 두면서

무엇을 내려놓고
또 앞으로 갈까

서성거리다가
오는 길을 만나는
오늘은 새로운 날

가보지 않은 그 길
알 수 없는 그 길에
따라 오라 저 앞에서
손짓하고 있다

새길

– 봉필 이서연

매일 매일 걸어온 길
눈 감고도 찾는 길

가는 길에
묵은 때 씻어도 보고
지나간 길
뒤로 두면서

무엇을 내려놓고
또 앞으로 갈까

서성거리다가
오는 길을 만나는
오늘은 새로운 날

가보지 않은 그 길
알 수 없는 그 길에
따라오라 저 앞에서
손짓하고 있다

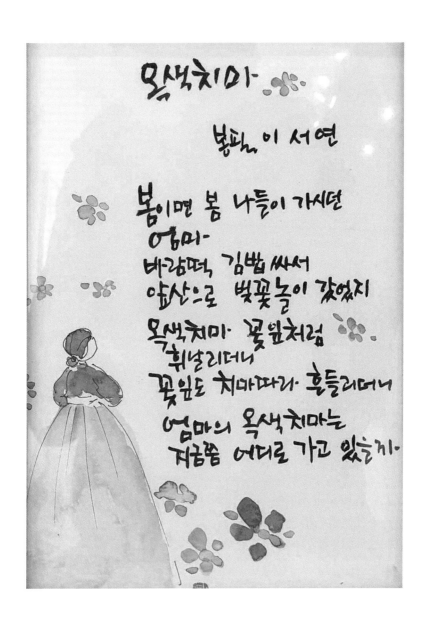

옥색치마

봉평 이 서연

봄이면 봄 나들이 가시던
엄마-
바람떡, 김밥 싸서
앞산으로 벚꽃놀이 갔었지
옥색치마 꽃잎처럼
  휘날리더니
꽃잎도 치마따라 흔들리더니
엄마의 옥색치마는
지금쯤 어디로 가고 있을까-

옥색 치마
– 시 봉필 이서연, 손글씨 이양희

봄이면 봄나들이 가시던
엄마
바람떡 김밥 싸서
앞산으로 벚꽃놀이 갔었지
옥색 치마 꽃잎처럼 휘날리더니
꽃잎도 치마 따라 흔들리더니
엄마의 옥색 치마는
지금쯤 어디로 가고 있을까

아버지의 꽃신
- 시 月影 이순옥, 손글씨 남궁정원

험하던 당신 발
고운 꽃신 신겨지던 날
하도 고와
당신의 긴 잠 굳이 다독였습니다

칠십 평생
논두렁 밭두렁 같은 길
자식들 닮을세라 죽죽 밟아 펴다보니
돌멩이처럼 뭉툭한
무뎌진 대팻날 같은 발

한평생 의지해 온 탯줄 길이와
수의의 무게 싣고
한 마리 나비로 날아오를
영혼보다 가벼울 당신의 꽃신

내 고장 양구

이연홍

봉화산 산마루에
찬란한 붉은 여명
동무들 모여 놀던
향수가 그리워져
잔잔한 이내 마음도
그리움만 쌓이네

고향 길 찾아보니
쓸쓸한 미소 한 줌
봉화산 너른 품에
포근히 기대보고
빛나는 대자연의 얼
사랑으로 담는다

내 고장 양구

− 시조 이연홍

봉화산 산마루에
찬란한 붉은 여명
동무들 모여 놀던
향수가 그리워져
잔잔한 이내 마음도
그리움만 쌓이네

고향길 찾아보니
쓸쓸한 미소 한 줌
봉화산 너른 품에
포근히 기대보고
빛나는 대자연의 얼
사랑으로 담는다

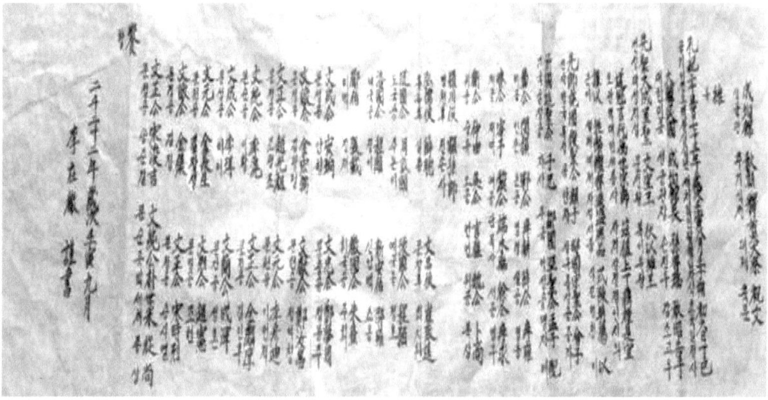

성균관 추기석전 대제 축문

– 서 이재철

봉선화 사랑

- 시 만당 이종갑
- 손글씨 소녀붓샘 윤현숙

오실까 봐
봉선화 심었습니다
오시는 날 빨강을
피운답니다
내미는 손끝에
사랑을 얹혀봅니다

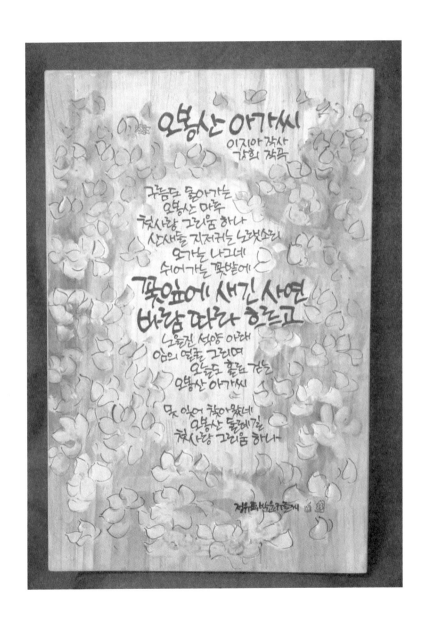

오봉산 아가씨

 ― 작사 이지아, 손글씨 박윤규

구름도 돌아가는
오봉산 마루
첫사랑 그리움 하나
산새들 지저귀는 노랫소리
오가는 나그네
쉬어가는 꽃밭에
꽃잎에 새긴 사연
바람 따라 흐르고
노을 진 석양 아래
임의 얼굴 그리며
오늘도 홀로 걷는
오봉산 아가씨

못 잊어 찾아 왔네
오봉산 둘레길
첫사랑 그리움 하나

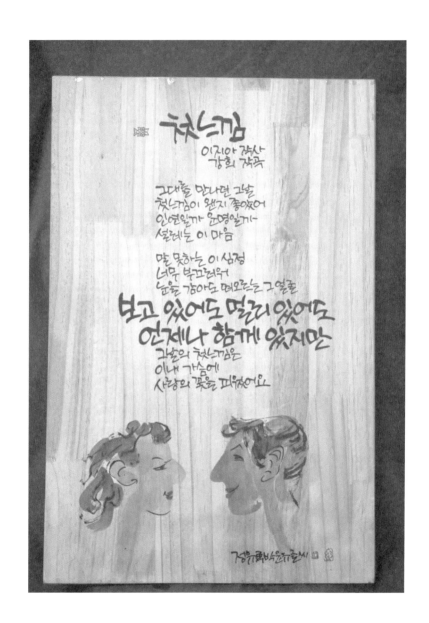

첫 느낌

- 작사 이지아, 손글씨 박윤규

그대를 만나던 그 날
첫 느낌이 왠지 좋았어
인연일까 운명일까
설레는 이 마음

말 못 하는 이 심정
너무 부끄러워
눈을 감아도 떠오르는 그 얼굴
보고 있어도 멀리 있어도
언제나 함께 있지만
그날에 첫 느낌은
이내 가슴에
사랑의 꽃을 피웠어요

산목련

여명 임명실

가신 임 그리워
산중에 피었나
타버린 앙가슴이
외로움에 사무칠 때

오실 임 그리워
하이얗게 수 놓으니
꽃신 신고 사뿐히
걸어오시구려

구월의 사랑 노래
한 수 드리우니
목마른 그대 젖줄에
고운 열매 맺으리라

산목련

- 여명 임명실

가신 임 그리워
산 중에 피었나
타버린 앙가슴이
외로움에 사무칠 때

오실 임 그리워
하이얗게 수놓으니
꽃신 신고 사뿐히
걸어오시구려

구월의 사랑 노래
한 수 드리우니
목마른 그대 젖줄에
고운 열매 맺으리라

코스모스

서향 임명실

사알랑 실려 오는
고운님 소식에
발그게 수줍어
귀 기울여 봐

바람이 온기로
강가로 데려가니
한들거리는
사랑 이야기로
꽃을 피우네요

사랑의 순결은
분홍 꽃잎에
맺혀지니
톡 터질 것 같은
소녀의 사랑은
가녀린 향기로
기도합니다

코스모스

– 서향 임명실

사알랑 실려 오는
고운님 소식에
발그레 수줍어
귀 기울여 봐

바람이 온기로
강가로 데려가니
한들거리는
사랑 이야기로
꽃을 피우네요

사랑의 순결은
분홍 꽃잎에
맺혀지니
톡 터질 것 같은
소녀의 사랑은
가녀린 향기로
기도합니다

호수에 잠긴 날

여명 임명실

물안개가 자욱한
그대 품속에서
아름드리 새로움게
꿈을 꾸더라

사랑은 그리움의
꽃이 되려 하니
작은 배의 노 젓기를
영혼들이 하더라

좌대 위에 보금자리를
차지하고 나니
세상은 간곳없고
낙원이었어

여명의 아침은
그대 사랑이니
풍어를 알리는 햇살의
노래더라

호수에 잠긴 날

- 여명 임명실

물안개가 자욱한
그대 품속에서
아름드리 새로웁게
꿈을 꾸더라

사랑은 그리움의
꽃이 되려 하니
작은 배의 노젓기를
영혼들이 하더라

좌대 위에 보금자리를
차지하고 나니
세상은 간곳없고
낙원이었어

여명의 아침은
그대 사랑이니
풍어를 알리는 햇살의
노래더라

들국화 사랑

임재화

노란빛 고운 들국화 꽃송이에
정갈한 임의 향기 배어있는데
조용히 고개 숙인 꽃송이마다
오롯이 맑은 기운 가득합니다

갈바람 부는 들국화 꽃밭에서
고운임 모습 따라서 걷노라면
살며시 고개 숙인 꽃송이마다
그리움 익어서 꽃향기 가득합니다

노란빛 고운 들국화 꽃송이에
정갈한 임의 향기 배어있는데
조용히 고개 숙인 꽃송이마다
오롯이 맑은 기운 가득합니다

이따금 찬바람이 불어올 때면
단정한 꽃송이 살포시 웃는데
더욱더 빛나는 들국화의 모습
온 누리에 들국화 꽃향기 가득합니다

들국화 사랑

– 노래시 임재화

노란빛 고운 들국화 꽃송이에
정갈한 임의 향기 배어있는데
조용히 고개 숙인 꽃송이마다
오롯이 맑은 기운 가득합니다

갈바람 부는 들국화 꽃밭에서
고운임 모습 따라서 걷노라면
살며시 고개 숙인 꽃송이마다
그리움 익어서 꽃향기 가득합니다

노란빛 고운 들국화 꽃송이에
정갈한 임의 향기 배어있는데
조용히 고개 숙인 꽃송이마다
오롯이 맑은 기운 가득합니다

이따금 찬바람이 불어올 때면
단정한 꽃송이 살포시 웃는데
더욱더 빛나는 들국화의 모습
온 누리에 들국화 꽃향기 가득합니다

들국화 연가

임재화

들국화꽃 향기 가득하니

스쳐지날 때 차츰 깊어가는 가을날 온누리에 그윽한

소슬한 가을바람이 살그머니 들국화 꽃을

정체없이 들녘실 떠나가다 저만치서 달려오는

하나둘 낙엽되어서 떨어져 맑게 흐르는 계곡물 벗 삼아

빛고운 단풍이요 사귀선들한 바람 앞에 몸을 맡기고

산 머시나무 일러두루만질 때 이제 떠나도 여한이 없는

먼산자락 저만치서 취하고 달려오는 가을바람이

해해수쓰라
들국화연가
임재화시

들국화 연가
- 시 임재화, 손글씨 채혜숙

먼 산자락 저만치서
휘하고 달려오는 가을바람이
살며시 나뭇잎 어루만질 때

이제 떠나도 여한이 없는
빛 고운 단풍 잎사귀
서늘한 바람 앞에 몸을 맡기고

하나둘 낙엽 되어서 떨어져
맑게 흐르는 계곡물 벗 삼아
정처 없이 두둥실 떠나갑니다.

저만치서 달려오는
소슬한 가을바람이 살그머니
들국화꽃을 스쳐 지날 때

차츰 깊어가는 가을날
온 누리에 그윽한
들국화 꽃향기 가득합니다

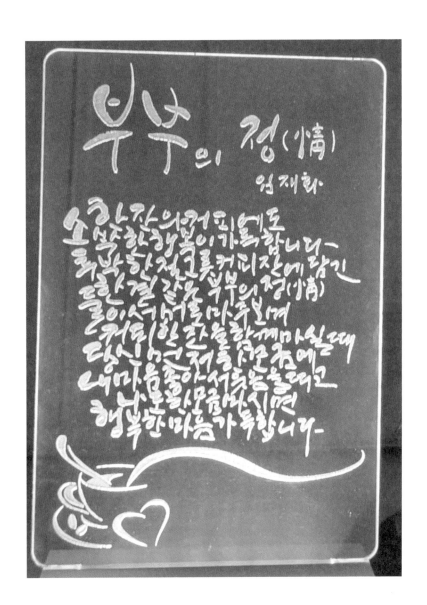

부부의 정(情)

– 시 임재화, 아크릴 등 백우준

한 잔의 커피에도
소박한 행복이 가득합니다.
투박한 질그릇 커피잔에 담긴
한결같은 부부의 정(情)
둘이서 서로 마주 보며
커피 한 잔을 함께 마실 때
당신 먼저 한 모금에
내 마음 좋아서 웃음을 띠고
나도 한 모금 마시면
행복한 마음 가득합니다.

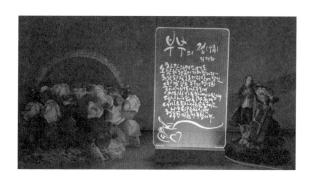

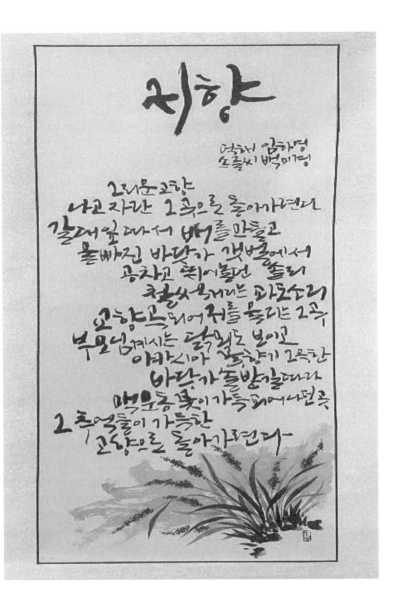

귀향

– 덕해 임하영, 손글씨 백미경

그리운 고향
나고 자란 그 곳으로 돌아가련다

갈댓잎 따서 배를 만들고
물 빠진 바닷가 갯벌에서
공차고 뛰어놀던 솔리

철썩거리는 파도소리
교향곡 되어 귀를 울리는 그 곳

부모님 계시는 닭뫼도 보이고
아카시아 꽃향기 그윽한
바닷가 솔밭길 따라
맥문동 꽃이 가득 피어나던 곳

그 추억들이 가득한
고향으로 돌아가련다

* 솔리 : 장항읍 옥남리 마을이름
* 닭뫼 : 장항읍 옥산리 마을이름

송림의 추억

덕해 임하영

송림길을 걷노라면
어머니가 그립다
바다처럼 넉넉하고
솔향처럼 향기롭던 어머니

그리움에 묻어 두었던
송림길의 추억들
어머니가 정성스레 싸준
소풍날의 김밥

드넓은 백사장에서
모래날에 함께 하였던
모래찜질과 모래성 쌓기
그 모든 것들이 그립다

촉촉이 적셔오는 가슴에
활짝 핀 미소로 다가오는
아름다운 기억들
그리움을 더욱 사무치게 하네

* 송림 : 장항읍 송림리 솔밭

송림의 추억

– 덕해 임하영

송림길을 걷노라면
어머니가 그립다
바다처럼 넉넉하고
솔향처럼 향기롭던 어머니

그리움에 묻어 두었던
송림길의 추억들
어머니가 정성스레 싸준
소풍날의 김밥

드넓은 백사장에서
모래날에 함께 하였던
모래찜질과 모래성 쌓기
그 모든 것들이 그립다

촉촉이 적셔오는 가슴에
활짝 핀 미소로 다가오는
아름다운 기억들
그리움을 더욱 사무치게 하네

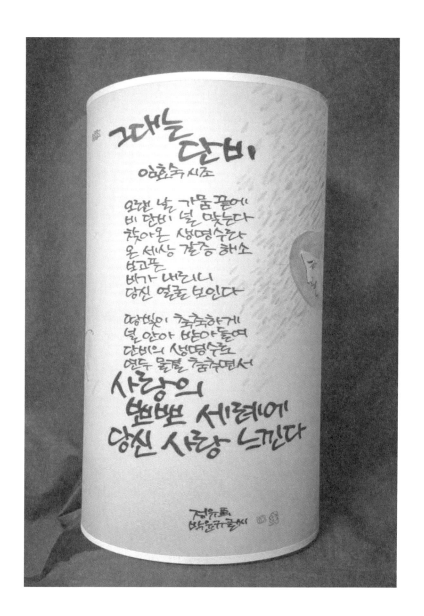

그대는 단비

– 시조 松塢 임효숙, 손글씨 박윤규

오랜 날 가뭄 끝에
비 단비 널 맞는다
찾아온 생명수라
온 세상 갈증 해소
보고픈
비가 내리니
당신 얼굴 보인다

땅빛이 축축하게
널 안아 받아들여
단비의 생명수로
연두 물결 춤추면서
사랑의
뽀뽀 세례에
당신 사랑 느낀다

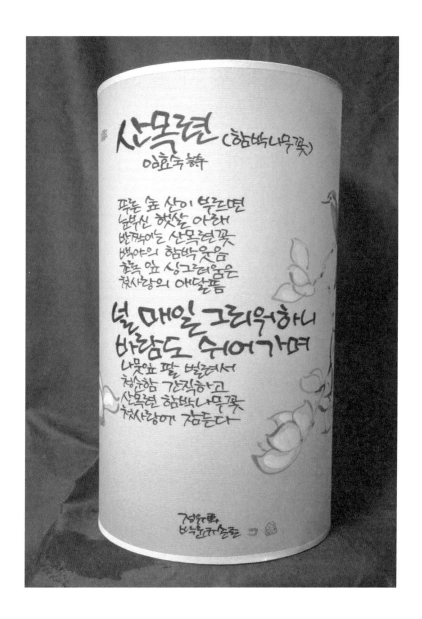

산목련(함박 나무꽃)

- 시조 서현 임효숙, 손글씨 박윤규

푸른 숲 산이 부르면
눈부신 햇살 아래
반짝이는 산목련꽃
백야의 함박웃음
초록 잎 싱그러움은
첫사랑의 애달픔

널 매일 그리워하니
바람도 쉬어가며
나뭇잎 팔 벌려서
청순함 간직하고
산목련 함박나무꽃
첫사랑에 잠든다

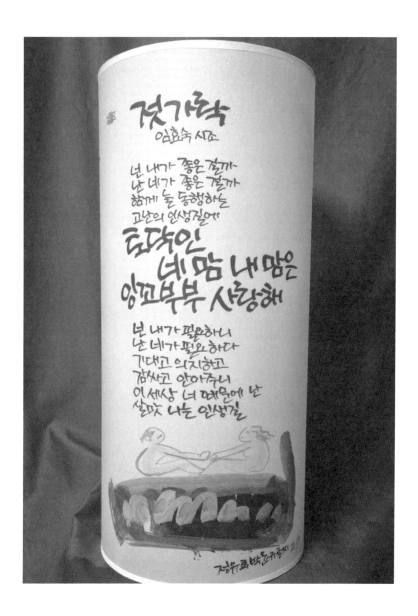

젓가락

- 시조 서현 임효숙, 손글씨 박윤규

넌 내가 좋은 걸까
난 네가 좋은 걸까
함께 늘 동행하는
고난의 인생길에
토닥인 네 맘 내 맘은
잉꼬부부 사랑해

넌 내가 필요하니
난 네가 필요하다
기대고 의지하고
감싸고 안아주니
이 세상 너 때문에 난
살맛 나는 인생길

고마운 비

장경숙

똑똑 창문에게 속삭인다
누굴까?
눈을 들어 쳐다보니
기다리고 기다리던
반가운 비님

가물어 메마른 곳에
단비가 찾아오니
나도 농부도
좋아라 춤추네

단비가 다녀간 지금
맑고 깨끗한 거리
덕분에 내 마음도
새털처럼 가볍네

작은 것에
감사가 넘치네

고마운 비

– 시 장경숙

똑똑 창문에게 속삭인다
누굴까?
눈을 들어 쳐다보니
기다리고 기다리던
반가운 비님

가물어 메마른 곳에
단비가 찾아오니
나도 농부도
좋아라 춤추네

단비가 다녀간 지금
맑고 깨끗한 거리
덕분에 내 마음도
새털처럼 가볍네

작은 것에
감사가 넘치네

해작질

전권호

들춰진 치마폭 사이로
정강이뼈가 드러났다

고요 속에 날숨만 헐떡이는
나비 한 마리

꽃잎이 떨어졌다

숲속 작은 웅덩이
나비의 시체가 즐비하다

바람의 몹쓸 해작질

해작질

− 시 전권호

들춰진 치마폭 사이로
정강이뼈가 드러났다

고요 속에 날숨만 헐떡이는
나비 한 마리

꽃잎이 떨어졌다

숲속 작은 웅덩이
나비의 시체가 즐비하다

바람의 몹쓸 해작질

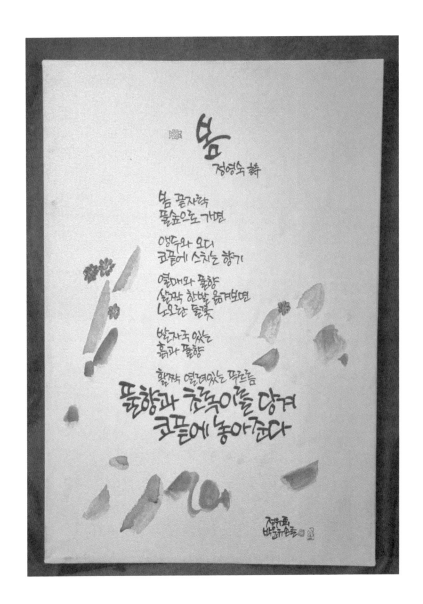

봄

\- 시 정영숙, 손글씨 박윤규

봄 끝자락
풀 숲으로 가면

앵두와 오디
코끝에 스치는 향기

열매와 풀향
살짝 한발 옮겨보면
노오란 들꽃

발자국 있는
흙과 풀향

활짝 열려 있는 푸르름
풀향과 초록이를 당겨
코끝에 놓아준다

6월엔

정영숙

겹접시 꽃은 녹아 없어졌는지
올해는 홑꽃만 피었다

분홍찔게 장미 풍성하게
울타리에 안겨졌다

하늘이 파랗고 예쁘다

바람 불고 간 자리
노랗게 물든 보리피리

아카시아 향으로
초록 편지를 쓴다

6월엔

– 시 정영숙

겹 접시꽃은 녹아 없어졌는지
올해는 홑꽃만 피었다

분홍찔레 장미 풍성하게
울타리에 안겨줬다

하늘이 파랗고 예쁘다

바람 불고 간 자리
노랗게 물든 보리피리

아카시아 향으로
초록 편지를 쓴다

바람길

조금랑

불현듯
생의 벼랑 끝에서 날아온 한 줄기 바람
아린 가슴의 빈 공간을 채우는 이것이
눈물이었습니다
깊은 숲이었습니다
한 번의 입맞춤은 서러운 몸부림이었습니다
그 희열은 내 방황의 시간으로 가는 문이었습니다
안으로
안으로
더 깊이 들어가면 그 곳이 사랑일까요
조각난 퍼즐 조각들의 완성이
하나됨일까요
아득한 늪일까요
사랑일까요

바람길
– 시 어리연 조금랑

불현듯
생의 벼랑 끝에서 날아온 한 줄기 바람
아린 가슴의 빈 공간을 채우는 이것이
눈물이었습니다
깊은 숲이었습니다
한 번의 입맞춤은 서러운 몸부림이었습니다
그 희열은 내 방황의 시간으로 가는 문이었습니다
안으로
안으로
더 깊이 들어가면 그곳이 사랑일까요
조각난 퍼즐 조각들의 완성이
하나 됨일까요
아득한 늪일까요
사랑일까요

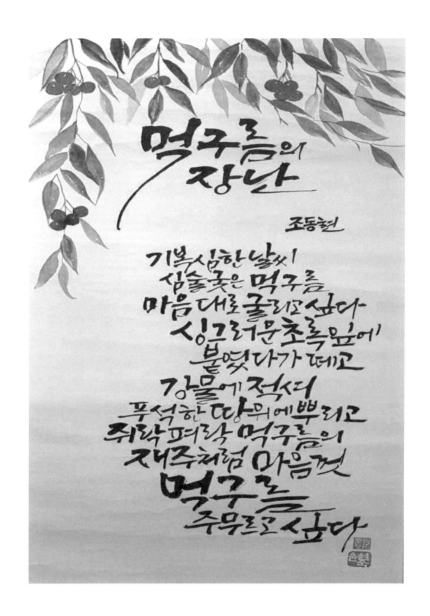

먹구름의 장난

조동현

기복심한 날씨
심술궂은 먹구름
마음대로 굴리고 싶다
싱그러운 초록잎에
붙였다가 떼고
강물에 적셔
푹석한 땅위에 뿌리고
쥐락펴락 먹구름의
재주처럼 마음껏
먹구름
주무르고 싶다

먹구름의 장난
- 시 조동현, 손글씨 소녀붓샘 윤현숙

기복 심한 날씨
심술궂은 먹구름
마음대로 굴리고 싶다

싱그러운 초록잎에
붙였다가 떼고

강물에 적셔
푸석한 땅 위에 뿌리고

쥐락펴락
먹구름의 재주처럼

마음껏
먹구름 주무르고 싶다

낙엽소리

조인형

넌날찾고
난널찾고
너는날보고싶고
나는널보고싶은
계절
낙엽떨어지고
낙엽밟는소리는
임을찾는
발자죽소리처럼
강가에
소곤소곤한다

낙엽 소리

– 시 조인형, 손글씨 려송 김영섭

넌 날 찾고
난 널 찾고

너는 날 보고 싶고
나는 널 보고 싶은 계절

낙엽 떨어지고
낙엽 밟는 소리는

임을 찾는 발자국 소리처럼
귓가에 소곤소곤한다

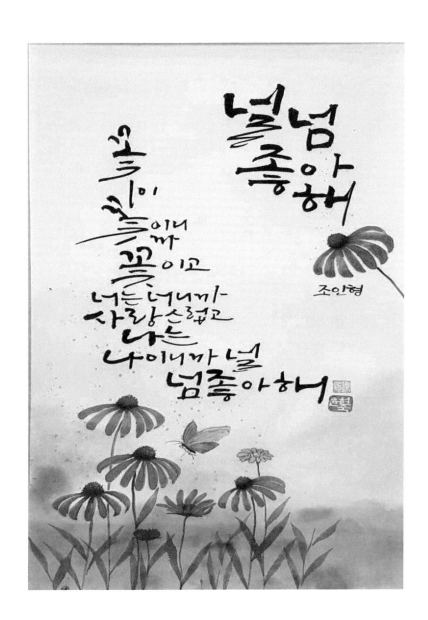

널 넘 좋아해

조인형

꽃이
꽃이니까
꽃이고
너는 너니까
사랑스럽고
나는
나이니까 널
넘좋아해

널 넘 좋아해

- 시 조인형, 손글씨 소녀붓샘 윤현숙

꽃이
꽃이니까 꽃이고

너는
너니까 사랑스럽고

나는 나이니까
널 넘 좋아해

마음에 피는 꽃

꽃이다 글 조마형

꽃이 아름다운 것은
있기때문이다

너의그리움이
꽃으로 아름다운것은

너의 믿음이 있기때문이다

꽃이 아름다운 것은

예쁘기때문이다

너의마음이

꽃이 아름다운 것은

본 사랑하기때문이다

꽃이 아름다운것은

임인년 열매달에 겨울붓

마음에 피는 꽃
— 시 조인형, 손글씨 려송 김영섭

꽃이 아름다운 것은
널 사랑하기 때문이다

꽃이 아름다운 것은
너의 마음이 예쁘기 때문이다

꽃이 아름다운 것은
너의 믿음이 있기 때문이다

꽃이 아름다운 것은
너의 그리움이 있기 때문이다

꽃이 아름다운 것은
꽃이기 때문이다

미안해

조인형

미안 미안해
뭐든지
다 해줄게
뭘! 해줄건데

뽀뽀

아이고! 징그러워
저리 비켜

미안해
– 시 조인형, 손글씨 이양희

미안 미안해
뭐든지
다 해줄게

뭘! 해 줄 건데

뽀뽀

아이고! 징그러워
저리 비켜

했잖아 했잖아

- 시 조인형, 손글씨 이양희

여보 뽀뽀
사랑해
나 사랑하죠

아침에도
사랑한다고
했잖아

빨강열매 파랑열매

蘭谷 조칠성

꽃 지고 열매 달렸네
빨강열매
파랑열매

체리 보리수는 빨강열매
블루베리는 파랑열매 달린다

체리는 까치가
블루베리 열매는 손주들이 먹고
보리수 열매는 떪어 내가 먹는다

노릇노릇 황매실 익으면
설탕범벅 되어 항아리에 들어가
각종 요리와 음료수로 누구나 먹고

납작 복숭아 익으면
지중해에서 손님이 오려나

밤꽃이 피어
비릿한 뜰을 거닐며
가을 추석 상에 올릴 알밤을 생각한다

빨강 열매 파랑 열매

- 시 蘭谷 조칠성

꽃 지고 열매 달렸네
빨강 열매 파랑 열매

체리 보리수는 빨강 열매
블루베리는 파랑 열매 달린다

체리는 까치가
블루베리 열매는 손주들이 먹고
보리수 열매는 떫어 내가 먹는다

노릇노릇 황매실 익으면
설탕 범벅 되어 항아리에 들어가
각종 요리와 음료수로 누구나 먹고

납작 복숭아 익으면
지중해에서 손님이 오려나

밤꽃이 피어
비릿한 뜰을 거닐며
가을 추석 상에 올릴 알밤을 생각한다

달빛에 익은 딸기 잼

蘭谷 조칠성

언제나 구수하고 웃음 짓게 하는 후배가
청소년 수련원을 정년하고
충청도에 내려가 딸기 농사를 짓더니
서울에 올적마다 얼굴 보자더니

새만금 잼버리장에서 만났다
딸기 농사는 이제 끝나고 농번기에 들어
한 여름을 쉬면서 잼버리 봉사를 한단다

꺼내 놓은 딸기잼은
나를 생각하며 수 시간 저으며
정성들인 달빛에 익은 딸기잼이라며
너스레를 떤다

나는 달빛에 익은 딸기잼을
빵에 발라 먹을 적마다
후배를 위해서 기도를 해야지

달빛에 익은 딸기잼이
입에 들어가니 혀를 녹이도록 맛있는 건
나를 생각하며 저어서 인가보다
후배야
당뇨 조심하고 말과 밥도 부족한 듯하면
오래 살고 더 행복 할 거다

달빛에 익은 딸기 잼

– 시 蘭谷 조칠성

언제나 구수하고 웃음 짓게 하는 후배가
청소년 수련원을 정년하고
충청도에 내려가 딸기 농사를 짓더니
서울에 올 적마다 얼굴 보자더니

새만금 잼버리장에서 만났다
딸기 농사는 이제 끝나고 농번기에 들어
한여름을 쉬면서 잼버리 봉사를 한단다

꺼내 놓은 딸기잼은
나를 생각하며 수 시간 저으며
정성들인 달빛에 익은 딸기잼이라며
너스레를 떤다

나는 달빛에 익은 딸기잼을
빵에 발라 먹을 적마다
후배를 위해서 기도를 해야지

달빛에 익은 딸기잼이
입에 들어가니 혀를 녹이도록 맛있는 건
나를 생각하며 저어서인가 보다
후배야
당뇨 조심하고 말과 밥도 부족한 듯하면
오래 살고 더 행복할 거다

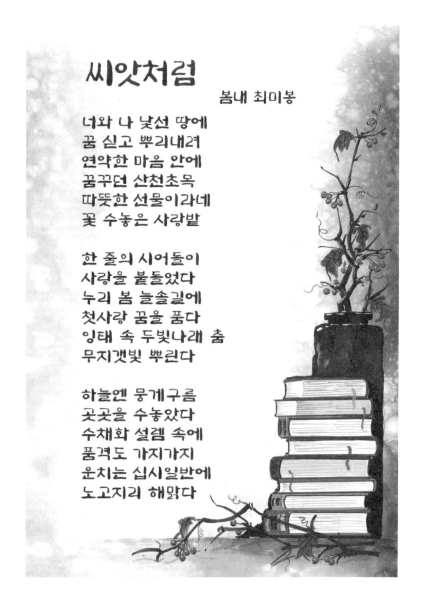

씨앗처럼

봄내 최미봉

너와 나 낯선 땅에
꿈 싣고 뿌리내려
연약한 마음 안에
꿈꾸던 산천초목
따뜻한 선물이라네
꽃 수놓은 사랑밭

한 줄의 시어들이
사랑을 붙들었다
누리 봄 늘솔길에
첫사랑 꿈을 품다
잉태 속 두빛나래 춤
무지갯빛 뿌린다

하늘엔 뭉게구름
곳곳을 수놓았다
수채화 설렘 속에
품격도 가지가지
운치는 십시일반에
노고지리 해맑다

씨앗처럼

– 시조 봄내 최미봉

너와 나 낯선 땅에
꿈 싣고 뿌리 내려
연약한 마음 안에
꿈꾸던 산천초목
따뜻한 선물이라네
꽃 수놓은 사랑밭

한 줄의 시어들이
사랑을 붙들었다
누리 봄 늘솔길에
첫사랑 꿈을 품다
잉태 속 두빛나래 춤
무지갯빛 뿌린다

하늘엔 뭉게구름
곳곳을 수 놓았다
수채화 설렘 속에
품격도 가지가지
운치는 십시일반에
노고지리 해맑다

숱하게
내게 온 꽃

봄내 최미봉

수채화 꽁무니에
연 초록 널려있는
뜨락에 넉넉함이
속 깊은 이야기로
가을날 귀뚜리 소리
떠밀렸던 여름날

어느 해 놓고 갔던
짓궂은 팔레트에
총알 비 쏟아냈던
낮과 밤 그리다가
완성된 너와의 관계
꼬드겼던 붓놀림

사랑도 그려가며
꼬깃한 씨방 속에
남루함 감추려다
덧칠한 도화선에
외줄기 떡잎 하나씩
속 버무린 수채화

숱하게 내게 온 꽃
- 시조 봄내 최미봉

수채화 꽁무니에
연초록 널려있는
뜨락에 넉넉함이
속 깊은 이야기로
가을날 귀뚜리 소리
떠밀렸던 여름날

어느 해 놓고 갔던
짓궂은 팔레트에
총알 비 쏟아냈던
낮과 밤 그리다가
완성된 너와의 관계
꼬드겼던 붓놀림

사랑도 그려가며
꼬깃한 씨방 속에
남루함 감추려다
덧칠한 도화선에
외줄기 떡잎 하나씩
속 버무린 수채화

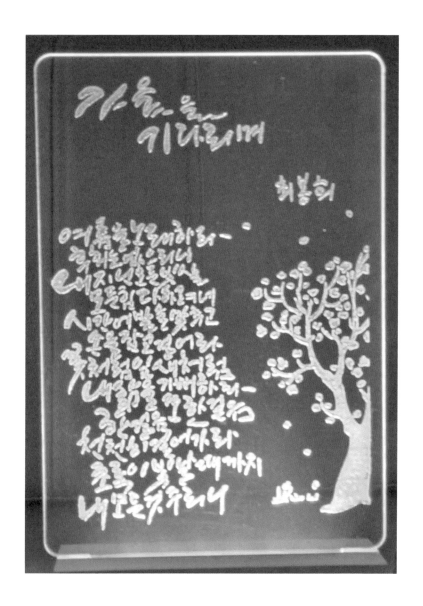

가을을 기다리며
– 시조 글벗 최봉희, 백우준 작가

여름을 노래하라
후회는 없으리니
내 지닌 모든 빛살
모든 힘 다하려네
시간에 발을 맞추고
손을 잡고 걸어라

꽃처럼 잎새처럼
내 삶을 기뻐하라
한 걸음 또 한 걸음
천천히 걸어가라
초록이 빛날 때까지
내 모든 것 주리니

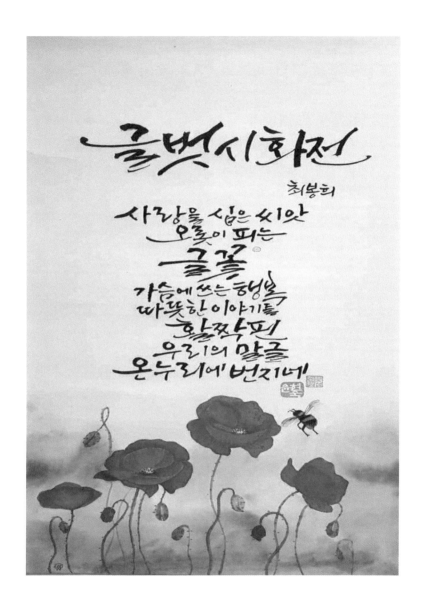

글벗시화전

최봉희

사랑을 심은 씨앗
오롯이 피는
글꽃
가슴에 쓰는 행복
따뜻한 이야기를
활짝 피
우리의 말글
온누리에 번지네

글벗시화전
– 시조 최봉희, 손글씨 소녀붓샘 윤현숙

사랑을 심은 씨앗
오롯이 피는 글꽃

가슴에 쓰는 행복
따뜻한 이야기들

활짝 핀
우리의 말글
온누리에 번지네

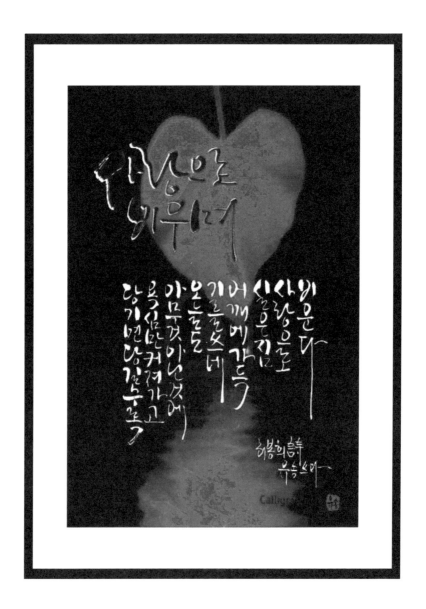

사랑으로 비우며
- 글벗 최봉희, 손글씨 유송 우양순

가지면 가질수록
욕심만 커져가고

아무것 아닌 것에
오늘도 힘을 쓰네

어깨에
가득 실은 짐
사랑으로 비우리

사랑 풍경

글벗 최봉희

살포시 눈을 뜨면
옷고름 푸는 아침

설렌 맘 행복으로
그대를 찾아가요

뜨거운
사랑의 약속
가슴 품고 살지요

사랑 풍경
- 시조 글벗 최봉희, 포토그라피 채 은 지

살포시 눈을 뜨면
옷고름 푸는 아침

설렌 맘 행복으로
그대를 찾아가요

뜨거운
사랑의 약속
가슴 품고 살지요

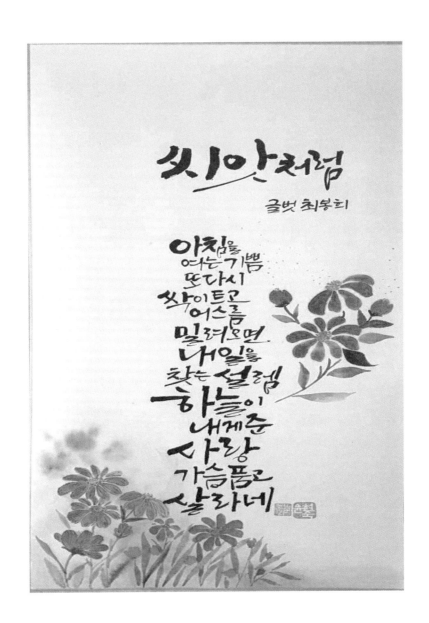

씨앗처럼

글벗 최봉희

아침을
여는 기쁨
또다시
싹이트고
어스름
밀려오면
내일을
찾는 설렘
하늘이
내게준
사랑
가슴품고
살라네

씨앗처럼

- 글벗 최봉희, 소녀붓샘 윤현숙

아침을 여는 기쁨
또다시 싹이 트고

어스름 밀려오면
내일을 찾는 설렘

하늘이
내게 준 사랑
가슴 품고 살라네

하늘의 언어처럼

글벗 최봉희

하늘이 내게 주신
거룩한 뜻을 따라
따스한 햇살 아래
날마다 심는 씨앗
말글로
피어난 행복
다시 피는 사랑꽃

하늘의 언어처럼
– 시조 글벗 최봉희, 포토그라피 채은지

하늘이 내게 주신
거룩한 뜻을 따라
따스한 햇살 아래
날마다 심는 씨앗
말글로
피어난 행복
다시 피는 사랑꽃

꽃

\- 시 최성자

침묵의 자양분들
고요히 숙성되어

어디나 마다않고
참마음 고스란히

비로소
애쓴 흔적이
승화되는 꼭짓점

초승달

최성자

약속도 하지 않고
마주한 너와의 밤

어쩌다 뾰족 얼굴
맘고생 많았구나

말 못할
그리움 삼킨
내 마음과 같았을까

초승달

– 시 최성자

약속도 하지 않고
마주한 너와의 밤

어쩌다 뾰족 얼굴
맘고생 많았구나

말 못 할
그리움 삼킨
내 마음과 같았을까

그 숲에 들면
바람의 말 들린다
쏴아아 —
숲이 바다가 되고
바다가 숲이 되는
제 울음 속으로 손 뻗어
하늘 헤집던 나무는

밤새 어느 바다를
떠돌다 푸른빛을
다 하고 돌아 왔을까

한잎 한잎 오르던 계단

돌아 나오는 뺨으로
부대끼며 포개지며
아득해 지는 것이었네

시 "우리 숲 가는 길" 中 일부
양 유정
쓰고 그리다, 39.

수리숲 가는 길

– 시서화 양윤정

그 숲에 들면
바람의 말 들린다
쏴아아
숲이 바다가 되고
바다가 숲이 되는
제 울음 속으로 손 뻗어
하늘 헤집던 나무는
밤새 어느 바다를
떠돌다 푸른 빛을
다하고 돌아왔을까

한잎 한잎 오르던 계단
돌아 나오는 뺨으로
부대끼며 포개지며
아득해지는 것이었네
– 시 「수리숲 가는 길」 중 일부

낙엽

송미옥

가을 흔들리는 가지에서
낙엽되어
떨어지는 마음

쓸리고

삶의 무게
내려놓으면서

안녕

나도
가볍고 싶다

낙엽
– 시 송미옥, 손글씨 이양희

가을 흔들리는 가지에서
낙엽 되어
떨어지는 마음

쓸리고

삶의 무게
내려 놓으면서

안녕

나도
가볍고 싶다

□ 제9회 글벗시화전 출품 작가 명단

I. 손글씨, 캘리그라피 작가 명단

● 김선희 작가

* 글벗문학회 캘리분과 회원
* 대한민국미술대상전 입상
* 한국캘리그라피창작협회 특선 입선
* 한국캘리그라피창작협회 고양시 부지부장
* 고양문화원, 지음캘리 회원전 참여
* 윤보영 시인 1,2차 항아리 시화전 참여
* 제2회~4회 글벗시화전 참가

● 김영섭 작가

* 글벗문학회 캘리분과 회원
* 한국서예협회 인천서예대전 캘리그라피부문 입선/특선
* 대한민국단군서예대전 캘리그라피 부문 입선/특선
* 대한민국 한글서예대전 캘리그라피부문 우수상

● 박윤규 작가

* 시인, 손글씨 작가
* 한국손글씨협회 회장
* 한국작가회의 회원, 민예총 회원,
* 부산작가회의 회원
* 물고기 공방운영
* 계간 글벗 심사위원
* 시집 〈꽃은 피다〉 외 다수

● 백미경 작가

* 글벗문학회 캘리분과 회원
* 한국미술협회 회원
* 고양미술협회 초대작가
* 갈물한글서회 회원
* 한글캘리그라피예술협회 회원
* 림스캘리그라피연구소 연구원 / 조교
* 사)한국청소년미술협회교육위원

● 우양순 작가

* 중문학 전공
* 글벗문학회 캘리분과 회원
* 지음캘리마을 회원
* 현 피아노학원 원장

● 윤현숙 작가

* 글벗문학회 캘리분과 회원
* 캘리그라피 &pop 강사
* 문화센터 출강
* 시언 시조 동아리 회장
* 캘리작품집 『오늘도 당근이지』

● 이양희 작가

* 글벗문학회 캘리분과 회원
* 꼼지락캘리, 엽서 캘리,
* Yanghee's 캘리로 활동 중
* 캘리그라피 2급 자격증

● 이종재 작가

* 글벗문학회 캘리 작가 회원
* 대한문인세계 시 부문 등단
* 대한문인협회 회원
* 강건문학 회원
* 글벗문학회 회원

● 차해정 작가

*한국서화교육협회 심사위원장
*한국예술문화협회 부회장
*한국 캘리그라피 작가협회 초대작가
*한국캘리그라피 작가협회 심사위원
*한국예술문화협회 심사위원장
*한국예술문화협회 초대작가
*국제 평화 예술협회 초대작가, 우수상
* 오사카 초대전 우수작가상
*중국 문등 서가협회 초대작가 최우수상 *윤보영캘리랜드 감사, 경기광주 지역장
*제36회 예술대전 금상 *제34회 전통미술대전 우수상
*제23. 24대한민국 미술전람회 특선 외 공모전 수상 다수
* 송율캘리 경강선특별전 *경기광주 평화나비 기림일기념 개인전
* 송율캘리공방(개인특강,원데이클래스,출강,기업강의)

● 채은지 작가

* 이명주 시집 『내 가슴에 핀 꽃』 표지디자인
* 최봉희 시집 『사랑꽃2』 표지디자인
* 이명주 시집 『커피 한 잔 할까요?』 표지디자인

● 채혜숙 작가

* 글벗문학회 캘리분과 회원
* 한국캘리그라피창작협회 감사
* 캘리그라피 창작협회 특선 및 다수 입상
* 사단법인 한국예술가협회소속 작가
* 지음캘리마을 회원전 참여
* 윤보영시인 항아리 시화전 참여

2. 제9회 글벗문학회 시화전 출품 작가 명단

작가명		작품명	수록면
1. 강성화	* 사계속시이야기문학관, 한국문학, 한용운문학, 송설문학, 샘문시선, 샘터가곡동인, 문학과 예술인협회, 글벗문학회, 한국문학예술 회원 * 샘터문학 신인상 수상 시 등단 * 한국문학예술 신인상 수상 수필 부문 등단 * 저서 제1시집 『그런 당신이 그리워 울었습니다』 제2시집 『파도의 노래, 흰 꽃』	내가 너를 사랑한다	11
2. 강자앤	* 대한문학세계 시 부문 등단 * 글벗문학회 회원 * (사)창작문학예술인협의회 회원 * 제1시집 꿈꾸는 별 * 제2시집 러브레터	사랑의 꽃	13
3. 고정숙	경희대학교 국어국문학과졸 2015년 12월 계간문예 국제문단 시 등단, 2018년 국제문단 산문상 국제문인협회 부회장겸 재정국장 2020년 6월 1집 『매일 피는 꽃』 시집 발간	반달	15
4. 국미나	사) 천안문협 이사역임 * 사) 한국문인협회 회원 * 사) 충남예술인협회 작가 * (현) 글벗문학회, 시울림 동인회원 * 시집 『비와 나만의 속삭임』	꽃날 그대 그리울 때면 선물	17 19 21
5. 김광재	* 경기도 문산 거주 * 글벗문학회 회원	꽃	23

작가명	약력	작품명	수록면
6.김나경(글숨)	*(사)한국문인협회 정회원 *(사)한국문인협회포천지부 사무국장 *한국 작가 21년 신인문학상 수상 *글벗문학회 정회원 *한국 치매 예방 놀이연구소 대표 *(사)대한어머니회 정회원 *포천시 신북면 주민자치위원	달맞이꽃 유혹	25 27
7.김나경(김미베)	* 강원도 강릉시 거주 * 계간 글벗 신인문학상 수필 등단 * 글벗문학회 회원 * 김나경 헤어 운영 중	은빛 날개	29
8. 김선순	*서울 양천구 거주 *글벗문학회 회원	어린 날의 추억	31
9. 김선옥	글벗문학회 회원, 2019년 제6회 수안 보온천 시조문학상 본상 및 제7회 역 동시조문학상 작가상, 2020년 제6회 송강 문학예술상대상, '광양매실' 시 조집 발간으로 매실원조도시를 알리8 는 문화홍보대사	시래깃국	33
10. 김선화	* 경기부천 * 글벗문학회 회원 *(사)종합문예 유성협회 시부문 등단	그녀 둥지를 털다 내 고향 금산리	35 37

작가명	약력	작품명	수록면
11. 김은자	한국문인협회회원 종로포엠문학회회장. 한국문예 시사랑 문학회 부회장, 강남 포에트리 문학회 부회장. 한국육필문학회 역옹인문학당 부학장. 빅톨위고 문학상 금상, 현대문학100주년 기념 문학상, 박경리 추모문학상, 석좌시인금관장상, 사임당신씨문학상, 한국 전자문학상, 한국전자 저술상, 21세기뉴코리아 문학상 최고상. 2022년 문예춘추 5대 회장 취임 * 수필집 〈내 귀에 말 걸기〉외 다수. 소설〈어진 땅의 소릿결〉외 다수 * 시집 〈한 잔 그리움 추억에 얼룩질 때 〉외 다수 등 70여 권 발간	덧칠 몰입	39 41
12. 김정숙	*한국문인협회 회원 *지구문학 신인상 당선 *지구문학작가회의 회원 *지구문학작가회의 부회장	하얀 물새	43
13. 김주화	* 월간 시사문단으로 등단 * 한국예술인협회 작가, 글벗문학회 한국시사문단작가협회 회원, 북한강 축제 추진위원, 빈여백 동인 * 제16회 풀잎문학상 수상, 제2회 한국 뇌병변인 상 가족상 수상, 철도역사 시화전 제11회 최우수상, 글벗 백일장 8회 대상 수상 * 시집 『사월의 크리스마스』베스트셀러작가 『눈물로 그리는 그림』	너는 나의 사랑 여름 사냥	45 47
14. 김지향	*경기도 오산거주 *글벗문학회 회원 * 2021년 계간글벗 겨울호 백일장 장려상 수상	장독대의 사랑	49
15. 김지희	* 글벗문학회 회원 * 계간 글벗 시조 신인상 수상 등단 * [시집] 『슬픈 사랑 긴 그리움』 『그냥 보고싶습니다』	사랑	51

작가명	약력	작품명	수록면
16. 나일환	* 충남 세종시 거주 * 글벗문학회 회원 * 파주문인협회 회원 * 사진작가협회 회원 * 사진작가협회자문원	가을 유감	53
17. 남궁임순	* 강원도 원주 거주 * 글벗문학회 회원	상처 인물 속에 핀 꽃	55
18. 류지윤	*안산거주 *글벗문학회 회원	깊은 사랑	59
19. 박귀자	*경남 울산출생 *한국시조문학 신인상 수상 *독도 플레시 봄 공동공저 *시사문단 문학상 수상 *글벗문학회 정회원	자수 참새	61 63
20. 박민자	*충북 청주 거주 *글벗문학회 회원	가을은 참 예쁘다	65

작가명	약력	작품명	수록면
21. 박선희	* 시낭송가, 동화구연가 * 시인, 아동 문학가 * 시마을, 글벗문학회 회원 * 시와 수상문학 시부문 등단 * 서정문학 제2문학 시 * 초등학교 3학년 때 어린이 아동작가 동상으로 입상	가을 전등사 2월의 비	67 69 71
22. 박원옥	* 캐나다 토론토 거주 * 한겨레문학 시, 계간글벗수필 등단 * 제1회 글벗문학상 수필 장려상 * 2022캐나다문인협회 신춘문예시조 당선 * 저서 시집 '돛단배 구름따라' 발표 시집 '사랑의 유통기한' 발표	금낭화	73
23. 박하경	* 1961년 보성 출생, 호: 秀重 * 한국문인협회 회원, 한국 * 소설가협회 회원 / 세계모던포엠작가회 회원 / 광주문인협회 회원 * 한국문학예술인협회 부회장 * 시인(국제문학바탕), 수필가(월간모던포엠), 소설가(월간문학)	균형	75
24. 박하영	* 오산시 거주 * 글벗문학회 회원	동강할미꽃	77
25. 박희봉	* 1954년 경북 청도 출생 * 현대중공업(주)근무, 퇴직 * 방송통신대학교 국어국문학과 졸업 * 세계문학예술 시 부문 신인상 * 세계문학예술 정회원 * 신춘문예공모나라 정회원 * 시를 꿈꾸다 정회원 * 글벗문학회 정회원	장미	79

작가명	약력	작품명	수록면
26. 서정희	*1952 충남 당진 출생 *중국 소수민족선교사 *글벗문학회 정회원 *2018년 계간글벗 시조 신인상 수상 *제2회, 제10회 글벗문학회 백일장 대상 수상 *시집 『서산에 노을이 비낄 때』	산 끝없는 사랑	81 83
27. 성의순	* 2012년 서울문학 가을호 신인상 수상 수필 등단 * 글벗문학회 회원 * 성균관 부관장, 우계문화재단 이사 * 제8회 글벗백일장 우수상 수상 * 저서 시집 『열두 띠 동물 이야기』 공저 『다시 돌아온 텃새의 이야기』	메리골드 / 건강한 몸과 맘	85 87
28. 송연화	* 한국문학동인회 시 등단 * 계간 글벗 시조 등단(2020) * 글벗문학회 자문위원 * 한국문학동인회 회원, 공감문학 작가 * 종자와시인박물관시비 「꽃물」 건립 * 시집 『돛단배 인생』 외 16권 발간	꽃등 별밤 사랑의 열매 아버지 인생길	89 91 93 95 97
29. 신광순	* 시인, 수필가 * 기호문학 발행인, 종자와시인박물관 관장 * 제8회 흙의문학상 수상 * 시집 『코스모스를 찾아서』 『모든 게 거기 그대로 있었다』, 『하늘을 위하여』, 『땅을 위하여』,산문집『불효자』, 『생일 축하합니다』,『사람은 죽어서 기저귀를 남긴다』, 『잃어버린 용서를 찾아서』, 『백지고백성사』 등	어머니 말씀	99
30. 신복록	* 서울 강북구 거주 * 계간 글벗 2020년 여름호 시조 등단 * 글벗문학회 정회원 * 시집 『그녀에게 가는 길』 『그리움을 안고 산다』	붉은 여명 수련밭	101 103

작가명	약력	작품명	수록면
31. 신순희	* 2016 민주문학등단. 시 부문 * 민주문학 계간지 공저 * 2018청옥문학 시조 부문 등단 * 청옥문학 계간지 공저 * 시집 『풍경이 있는 자리』	종자와 시인박물관	105 107
32. 신희목	* 초동문학예술협회 신인문학상 수상 * 2019˝서울시 시민안전 창작시 당선 * 다향정원문학 신인문학상 수상 * 글벗문학회 회원 * 저서 시집 『그대 잘 있나요』 공저:초동문학 "초록향기" 외 다수	그대는 장미 소나기	109 111
33. 양영순	* 인천광역시 거주 * 글벗문학회 회원 * 계간 글벗 시부문 신인상 등단 * 시집 『꽃이 피는 날』	가을숲 세월	113 115
34. 양윤정	*충북 제천출생 *2006년 〈시를사랑하는 사람들 7,8월호〉 달빛에 자전거를 타고 외 3편으로 등단, 2006년 11월〈현대시〉연 외 2편 발표하며 활동 시작 *글벗문학회, 한국시인협회, 군포문인협회, 만지작 작가동맹 회원	수리숲 가는 길	117 241
35. 윤미옥	* 경기도 파주 거주 * 글벗문학회 회원 * 시집 『들꽃 향기』	그리움 부부	119 121

작가명	약력	작품명	수록면
36 윤소영	*제주도 거주 *종합문예 유성 시 부문 등단 *글벗문학회 정회원 *첫 시집 『늦게 피는 꽃』 발간	그리운 어머니 사랑꽃 엄마 품속	121 123 125
37. 윤현숙	* 글벗문학회 캘리분과 회원 * 캘리그라피 &pop 강사 * 문화센터 출강 * 시언 시조 동아리 회장 * 캘리작품집 『오늘도 당근이지』	마실	129
38. 이경숙	* 한국 지역사회 교육협의회 * 예절,다도,전문 지도자 * 한국 종이접기 협회 종이접기 사범 * 한국국학진흥원 이야기 할머니 (전) * 원주향교 창의인성교실 교관	효녀문정공 주	131
39. 이규복	1957년 5월1일 생 시인, 수필가, 작사가 칼럼니스트 고려대학교 법학석사 졸업 지구문학 작가회의 회장 역임 고려대학교 생활법률학회 회장 역임 가슴으로 부르는 노래 시집 발간 바다 그리고 영원한 해군 시집 공저 대한민국 해군 전우회 회장 역임	겨울밤 두물머리 인연	133 135
40. 이기주	* 한맥문학 시부분 신인상 등단 * 글벗문학회 회원 * 한맥문학 이달의 시인 선정 * 제10회 글벗문학상 수상 * 창작가곡 성가곡 시 공모전 당선 * 시집 『노을에 기댄 그리움』 『세월이 못 지운 그리움』, 『꽃들이 전해준 안부』	메리골드 봉숭아 꼴물 들 때면 설악초 핀 밤	139 141 143

작가명	약력	작품명	수록면
41. 이남섭	* 강원 양구 출생 * 글벗문학회 회원 * 한국문인협회 회원 * 마음의 행간 회원 * 양천문인협회 부회장 역임 * 시집 '빨간뱀'	만의골 사랑	145 147
42. 이도영	*좋은문학 창작예술인협회 시, 수필, 동시 등단 *좋은문학 창작예술인협회 작가상 수상 *시 부문 창작예술문학대상 수상 *좋은문학창작예술인협회 회장 *글벗문학회 회원 *시집 『은혜속에 피어난 꽃』 외 8권	한탄강의 눈물	149
43. 이명주	* 계간 글벗 시조부문 등단 * 글벗문학회 정회원 * 제12회 글벗백일장 최우수상 수상 * 제1시집 『내 가슴에 핀 꽃』 제2시집 『커피 한잔 할까요』	가을의 목소리 가을 내음 함께 걸으며	151 153 155
44. 이서연	* 한국문인협회, 글벗문학회 회원 * 한국문협 제27대 70년사 편찬위원 * 지구문학 감사, 담쟁이문학회 부회장, 현대계간문학 운영이사 작가회 부회장, 시마을문학 고문과 자문위원 * 제9회 글벗문학상 수상, 제27회 전국예술대회 대상 * 시집 『꼬마 선생님』	새길 옥색치마	159 161
45. 이순옥	* 2004년 월간 모던포엠 시부문 등단 * 한국문인협회, 세계모던포엠작가회 회원, 金人文學, 경기광주문인협회, 백제문학, 착각의 시학, 글벗문학회 회원 * 월간모던포엠 경기지회장 * 제3회 잡지협회 수기공모 동상수상, 제 1회 매헌문학상 본상수상 * 제12회 모던포엠 문학상. 착각의시학 한국창작문학상 대상 수상 * 저서 월영가, 하월가, 상월가	아버지의 꽃신	163

작가명	약력	작품명	수록면
46. 이연홍	* 강원도 양구 거주 * 시인, 시낭송가 * 노인심리상담사 * 계간 글벗 시 등단(2019) * 글벗문학회 회원 * 시집 『모정』	내 고향 양구	165
47. 이재철	* 부산 거주 * 한학자 * 글벗문학회 회원 * 등푸른식품 대표	성균관 추기석전 대제 축문	167
48. 이종갑	* 경기도 곤지암 거주 * 글벗문학회 회원 * 봉선화 식품 대표 * 평생 소금 장사 50년 * 봉선화길 조성(우리 꽃 지키미 활동) * 대장암 말기 47회 항암 극복	봉선화 사랑	169
49. 이지아	* 대구 거주 * 시인, 작사가, 가수 * 종합문예 유성 시, 동시 등단 * 글벗문학회 회원	오봉산아가 씨 첫 느낌	171 173
50. 임명실	신정문학 상임 이사 글벗문학회 회원 문예 세상 수필 부문 등단 신정 문학 시 부문 등단 남명 평행선의봄 산해정 인성문화 진흥 회 문예상, 김해예총 회장신인(작품상) 김해예총선면전 포랜컬쳐 작품상 [저서] 『걸어 다니는 시』	산목련 코스모습 호수에 잠긴날	175

작가명	약력	작품명	수록면
51. 임재화	* (사)대한문인협회, 글벗문학회정회원, 대한문인협회 저작권옹호위원회위원장, 글벗문학회 수석부회장, 한국가곡작사가협회 이사 * 한국문학공로상수상, 베스트셀러작가상 2회 수상, 한국문학예술인 금상수상 * 저서 『대숲에서』 『들국화연가』 『그대의 향기』	들국화 사랑 들국화 연가 부부의 정	179 181 183
52. 임하영	* 충남서천 출신 * (전) 우송정보대학교 교수 *(현) 한국시와 소리마당 부대표 * 2020년도 대전문학 시부문 신인문학상 등단 * 한국시와소리마당 문예동인지 참여(1 ~ 4집) 대전문학 (놀이터 외 다수)	귀향 송림의 추억	185 189
53. 임효숙	* 현재 서울시 강서구 거주 * 글벗문학회 정회원 * 글벗문학회 시화전 출품 * 은가람시낭송회 정회원 * 시집 『글이 나의 벗 되다』	그대는 단비 산목련 젓가락	189 193 195
54. 장경숙	*시인 소설가 문학평론가 *글벗문학회 회원 *문예지도사 전문가 자격취득 *(사)종합문예유성 황진이문화예술상 대상(에어로폰) *(현)mbc여성시대 2003 가을주부 나들이 회장	고마운 비	195
55. 전권호	*글벗문학회 회원	해작질	199

작가명	약력	작품명	수록면
56. 정영숙	*성남 탄천문학회 회원 *글벗문학회 회원 *딸기어린이집 대표원장	고마운 비	195
57. 조금랑	* 서울 거주 * 계간 글벗 시 부문 등단 * 글벗문학회 회원	바람길	203
58. 조동현	*서울 은평구 거주 *현대문학사조 시 등단 *글벗문학회, 다솔문학회 회원	먹구름의 장난	205
59. 조인형	*문예춘추 시등단 *문예춘추 이사 *사단법인 한국 서화예술협회 서예 부분 특선 *사단법인 한국육필문예보존회 제1회 프레데리크 문학상 수상 *시집 73세의 여드름	낙엽소리 널 넘 좋아해 마음에 피는 꽃 미안해 했잖아 했짢아	207 209 211 213 215
60. 조칠성	*글벗문학회 회원 *계간 글벗 시 부문 등단 *시집 『난곡재의 행복』	빨강열매 파랑열매 달빛에 익은 딸기잼	217 219

작가명	약력	작품명	수록면
61. 최미봉	* 대한문학세계 문예지 신인 문학상 * (사) 창작 문학예술인 협회 회원 * 대한문인협회 서울지회 정회원 * 계간 글벗 수필 신인문학상 수상 * 글벗문학회 정회원 *수필집 『오클랜드 노을에 묻는다』	씨앗처럼 숱하게 내게 온 꽃	221 223
62. 최봉희	* 시조문학 등단, 문예사조 수필 등단 * 한국문인협회, 국제펜클럽 회원 * 계간 글벗 편집주간, 글벗문학회 회장 * 제30회 샘터시조상 수상(월간 샘터) * 종자와시인박물관 시비 공원 「사랑꽃」 건립(2018) * 저서 시조집 『사랑꽃1,2,3권』, 『꽃 따라 풀잎 따라』, 『산에 들에 피는 우리꽃 1~3권』, 수필집 『사랑은 동사다』, 『봉주리 선생』	가을을 기다리며 글벗시화전 사랑으로 비우며 사랑풍경 씨앗처럼 하늘의 언어처럼	225 227 229 231 233 235
63. 최성자	* 문화산업경영학 박사 * CAII 문화예술산업연구소장 * 제12회 글벗백일장 대상 수상 * 글벗문학회 충북아동문학 회원 전)호서대학교, 강남대학교, 한국교통대학교 출강 *시집 『아직도 못다 한 사랑』	꽃 초승달	237 239
64. 송미옥	* 제주 거주 * 글벗문학회 회원 * 북카페 책갈피 속 풍경 운영	낙엽	243

■ 2022 제9회 글벗시화전 작품집

사랑의 씨앗처럼

초판인쇄 2022년 10월 7일
초판발행 2022년 10월 7일
지 은 이 글벗문학회
펴 낸 이 한 주 희
펴 낸 곳 도서출판 글벗
출판등록 2007. 10. 29(제406-2007-100호)
주   소 경기도 파주시 와석순환로 16, 905동 1104호
          (야당동, 롯데캐슬파크타운)
홈페이지 http://guelbut.co.kr
          http://cafe.daum.net/geulbutsarang
E - mail juhee6305@hanmail.net
전화번호 031-957-1461
팩   스 031-957-7319
정   가 20,000원

ISBN 978-89-6533-230-5 03810